용을 죽인 브륀힐드

아가리자키 유이코

[그림] 아오아소

BRUNHILD
THE DRAGONSLAYER
CONTENTS

Illustration : Aoaso

Cover Design : Shunya Fujita(Kusano Design)

용을 죽인 브륀힐드

아가리자키 유이코

[그림] 아오아소

A strange and cruel fate of Brunhild.
Born as a dragon slayer,
she lived as a daughter of the dragon.

서장

폭풍을 동반한 밤이 찾아왔다. 이 땅에서는 무척 드문 일이다.

창문 유리를 때리는 빗줄기는 기관단총처럼 시끄러운 소리를 낸다.

웅웅거리는 바람은 남자가 사는 오두막을 무너뜨릴 듯한 기세다.

오두막 안에는 한 남자가 있었다.

검은 창문 유리에 남자의 모습이 비쳤다. 나이는 30대로 보인다. 몸에 걸친 것은 머리 색깔과 비슷한 흰색 로브이며, 고풍스러운 장식이 섬세하다.

남자의 눈동자는, 파랗다.

좁은 실내에는 간소한 가구가 있다. 난로의 불빛이 그것들을 오렌지색으로 물들이고 있었다.

둥근 의자에 앉은 남자의 앞에는 캔버스가 놓여 있다.

그 캔버스에는 아직 완성되지 않은 그림이 있었다.

남자는 창밖을 봤다. 시꺼먼 탓에 아무것도 보이지 않는다. 칠흑색 유리를 빗방울이 거듭 덧칠하고 있을 뿐이다.

그런데도 남자는 창밖을 봤다. 물질적으로 무엇이 보이니 마니 하는 것은 딱히 문제가 되지 않았다.

창밖을 본다. 그 행위가, 남자에게 상상력을 부여했다.

남자가 지금 그리는 것은 화창한 하늘과 초원, 그리고 그 안에 사리한 소녀의 그림이었다. 얼룩 하나 없는, 새하얀 원피스를 걸친 소녀다.

붓은 멈추지 않는다. 진짜로 남자의 눈에는 초원과 소녀가 보이는 듯했다.

텅, 하는 큰 소리가 들렸다.

칠흑색 창문에, 뭔가가 달라붙었다.

붉다. 남자는 핏덩어리가 부딪힌 줄 알았다.

하지만 유심히 보니, 그것은 여자였다.

빨간 군복을 입은 여자가, 창문 옆에서 시야로 날아든 것이다.

남자의 시간이 멈췄다.

(내가 잘못 봤을 리가 없어…….)

여자는 입을 뻐끔거리고 있었다. 뭔가 말하는 것 같지만, 폭풍 소리에 묻혀서 남자의 귀에 전해지지 않는다.

또다시 텅, 하고 커다란 소리가 들렸다.

여자가 창문 유리를 두드린 것이다.

그제야 남자의 시간이 다시 흐르기 시작했다.

여자는 안으로 들여 달라고 말하는 것 같았다.

──신이시여, 이 여인을 집에 들여도 되겠사옵니까.

잠시 후, 남자는 현관으로 향했다.

그 모습을 본 여자도 현관문 쪽으로 뛰어갔다.

현관문을 열긴 어려웠다. 바깥바람이 너무 강했다. 마치 보이지 않는 손이 문을 도로 밀어내는 것 같았다.

사람 한 명이 비집고 들어올 정도의 틈이 생기자, 여자는 안으로 굴러들어왔다. 같이 쏟아져 들어온 빗줄기가 남자가 입은 옷을 적셨다.

『미안하다. 그리고 고마워.』라고 말한 여자는 젖은 앞머리를 쓸어올렸다.

겉으로 봐서는 10대 후반일까.

눈부시게 빛나는 은발이 눈길을 끌었다. 긴 머리카락이 흔들리자, 이슬이 반짝이며 흩날렸다.

새하얀 여자였다. 색소와 인연이 없어 보였다. 비바람에 노출되었던 탓인지 입술은 보라색으로 변해 있었다.

하지만 눈동자는 빨갛다.

『몇 번이나 문을 두드렸는데, 들리지 않은 것 같아서 말이지. 실례인 줄 알지만, 창문을 두드렸다.』

그녀가 입은 군복을 쳐다보며, 남자는 말했다.

『군인이 이런 델 다 오다니.』

여자가 누군지, 전혀 모른다는 말투였다.

여자는 난처한 듯이 웃으며 답했다. 『그렇겠지.』

『닦을 걸 준비하지, 난로가 있는 방에서 기다려.』

여자는 고맙다고 말했다.

남자는 리넨 천을 두 장 챙겨서 난로가 있는 방으로 돌아왔다. 여자는 군복을 벗고 난로 앞에 깔린 융단 위에 앉아 있었다. 캐시미어의 고급 옷감을 쓴 진홍색 군복이, 뱀이 벗은 허물처럼 바닥을 굴러 다니고 있었다.

여자는 레이스로 꾸민 캐미솔 원피스 차림이 되었다. 머리카락이 불빛을 받아 밝은 붉은색으로 물들었다.

여자의 입술 또한 보라색에서 건강한 복숭앗빛으로 달라졌다.

여자는 남자를 향해 미소를 지었다.

『거듭 미안한데, 꼴사나운 모습을 보이는군. 그래도 용서해라. 물을 먹은 군복이 몸에 달라붙어서, 정말 불쾌했거든. 게다가 무겁기도 하고. 의전용 옷인지라 장식도 많아.』

리넨 천을 건네고, 남자가 말한다.

『나는 괜찮지만, 다른 남자 집에서는 이러지 않는 게 좋아. 색욕과 음란도 죄악이니까. 남자를 홀린 죄로 지옥에 가기는 싫잖아?』

『아, 그건 걱정할 필요 없어. 색욕에 빠지지 않더라도, 나는 지옥에 떨어질 거야.』

『군인이라서, 인가.』

『그래. 사람을 많이 죽였다. 마음도 가지고 놀았지. 게다가…….』

——게다가, 나는 드래곤 슬레이어(용을 죽이는 자)거든.

남자는 파란색을 띤 눈을 치켜떴다.

『그대가, 드래곤 슬레이어…….』

『노벨란트 제국에서는 꽤 유명해. 이름은 브륀힐드 지크프리트.』

『미안하지만, 잘 모르겠군.』

이 여자, 지크프리트의 말은 진실이다. 지크프리트 가문이라고 하면 유서 깊은 드래곤 슬레이어 일족이며, 그녀 자신도 눈부신 공적을 쌓은 유명인이다.

하지만 남자가 사는 곳은 세속과 완전히 떨어진 장소다. 남자는 화창한 날에 과일을 따고, 동물과 놀며, 꽃과 이야기하고 살았다.

『뭐, 모르는 게 당연하지.』

지크프리트는 또 난처한 웃음을 흘렸다. 그 웃음에는 무지한 남자를 비웃는 낌새가 없다.

『해가 뜰 즈음이면 이 비도 그치려나.』라고 여자는 말했다.

『그것은 신만이 아시겠지.』라고 남자는 말했다.

인적이 드문 장소에 사는 남자는, 평범한 인간과는 다른 종교관을 지녔다.

『그대가 여기에 온 것도, 신께서 이끄신 거겠지. 신께선 그대가 이 오두막에서 몸을 녹이는 것을 허락하셨어.』

남자는 둥근 의자를 자기 쪽으로 당겨서 앉았다. 그리고 잠시 뜸을 들인 후에 말했다.

『괜찮다면, 그대의 이야기를 해 주지 않겠나?』

남자는 캔버스를 봤다. 방에는 남자가 그린 많은 그림이 걸려 있었다. 그것들은 하나같이 밝은 풍경과 새하얀 옷을 입은 소녀를 모티프로 삼고 있었다.

『그대의 이야기를 들으면, 나는 더 좋은 그림을 그릴 수 있을지도 모르지.』

여자가 그림 속의 소녀를 보고 말한다.

『이 소녀는 혹시, 그대…….』

이 여자는, 사람의 마음속을 간파하는 능력이 뛰어났다. 『당신의…….』

『응. 그대는 딸을 닮았어.』

남자는 그렇게 대답했다.

여자는 긴 속눈썹을 내리깔듯 시선을 숙였다.

『닮았단, 말은…….』

『아하하, 아니야. 아직 살아 있지. 분명 어딘가에 말이야. 뭐, 군복을 입길 바라진 않지만.』

피비린내 나는 일은 하지 않기를 바란다며, 남자는 말했다.

여자의 정체를 알면서도, 남자는 딱 잘라 말했다. 그것이 신앙인 특유의 비난인지, 눈앞에 존재하는 사실을 인정하지 않으려고 하는 발버둥인지는 알 수 없다.

침묵.

군인인 여자는 뭐라고 대꾸하면 좋을지 몰랐고.

신앙인인 남자는 더 말할 생각이 없었다.

『피비린내 나는 이야기밖에 할 수 없지만, 괜찮을까?』

『그것밖에 없다면, 어쩔 수 없지.』

여자는 잠시 침묵했지만, 이윽고 다짐한 듯이 입을 열었다.

『……나는 악인이다. 사람을 많이 죽였고, 순진무구한 자와 마음씨 착한 사람을 속였지. 게다가 정의나 대의를 위해서가 아니야. 전부 나 자신을 위해서, 내가 만족하기 위해서다. 하지만 후회하지는 않아. 이 장소를 본 지금도 말이지.』

여자는 융단 위에 앉아서 의자에 앉은 남자를 올려다봤다.

그러니까, 이제부터 이야기하는 건…….

여자에게는, 돌이켜보지 않는 참회이자…….

남자에게는, 듣기조차 힘든 추문(醜聞)이다.

『신이 다시 시작할 기회를 주더라도, 나는 같은 길을 선택할 거다.』

그렇게 말하면서, 여자는 이야기하기 시작했다.

제1장

그 섬에는, 백은색 용이 살고 있다.

향기가 그윽한 과일이 열리는, 동물들의 낙원이다.

현재, 용은 그 섬에 부채꼴로 펼쳐진 해변에 있었다. 원래는 새하얀 모래사장이 아름다운 장소.

하지만 지금은 진홍색 그림물감을 흩뿌린 것처럼 새빨갛다. 산산이 부서진 선박의 잔해가 어두운 바다에 떠 있다. 비린내가 섞인 바닷바람에, 숨이 막힐 듯한 피 냄새가 섞여 있었다.

피바다에 둥둥 뜬, 내장과 누런 지방.

그것들은 약 10분 전까지, 사람의 형태를 하고 있었다.

백은룡, 그가 사는 섬을 습격한 자들의 말로다. 다 합쳐서 20명 정도일까. 그들 모두가 시체로 변하고 말았다. 움직이는 자는 없었다. 사후 경련을 일으키는 자를 제외하면.

백은룡에게 있어선, 익숙한 광경이다.

용은 신에게 명을 받았다. 섬에 사는 자들을 지키라는 명이다.

태곳적부터, 백은룡은 이 섬을 노리는 수많은 자들과 싸웠다.

요즘 들어 인간의 습격이 잦아졌다. 무기 또한 눈에 띄게 발달했다. 특히 총이란 물건은 기술이 좀 더 진보한다면 성가셔질 것 같았다. 그래도 한동안은 자신이 목숨을 잃는 일이 없으리라.

백은룡은 그 파란 눈으로 자기 몸을 내려다봤다. 어스름 속에서 희미하게 빛나는 비늘, 그 틈새로 수은과 흡사한 빛깔을 띤 액체가 흘러나왔다.

용의 피다.

인간들이 백은룡에게 쏜 수백 발의 총탄. 그중에서 한 발이 밀집된 비늘의 틈새를 뚫고 살점에 도달했다. 물론 덩치가 큰 백은룡에게는 바늘에 찔린 정도의 상처에 지나지 않는다.

반짝이는 방울이, 시체들 위에 뿌려졌다.

아니다. 유심히 보니 그게 아니었다.

방울은 어린아이에게 떨어졌다.

두 살, 혹은 세 살일까. 용의 눈에는 피에 젖은 조그마한 육체가, 갈가리 찢긴 육신으로 보였던 것이다. 하지만 유심히 보니, 가슴 부분이 희미하게 움직이고 있었다.

아직 살아 있다.

하지만 곧 죽는다.

정확하게는 지금 막 백은룡이 죽였다고 해야 할까.

이 아이는 용의 피를 뒤집어쓰고 말았다.

용의 피는 강한 에너지를 지녔다. 한때 인간들은 그것을 주술에 이용했다고 하는데, 그때도 겨우 한 방울을 거듭 희석해서 썼다.

원액은 맹독이나 다름없다. 인간…… 그것도 어린아이가 닿으면 살아남을 수 없다.

철썩거리는 파도 소리가 작은 생명의 고동을 가리는 듯했다.

용은 은막을 연상케 하는 거대한 날개를 펼쳤다.

자신이 사는 신전으로 돌아가려는 것이다.

용이라고 해서 마음이 없는 건 아니다. 하지만 그 생사관은 인간과 극명하게 달랐다.

약자는 죽고, 강자는 산다. 신께선 그렇게 되게끔 피조물을 창조하셨다.

그것이 용의 내면에 존재하는 하나의 진리이자, 신의 가르침이다.

갓난아이든, 어른이든, 신의 가르침 앞에서는 다를 게 없다.

용은 해변에 어린아이를 남겨두고 날아올랐다.

그로부터 얼마 후.

일주일일지도, 한 달일지도 모른다.

용은 다시 해변으로 갔다. 범고래나 고래가 먹고 싶어서다.

해변에는 시체가 하나도 남지 않았다. 새하얀 파도에 휩쓸려서 청소된 뒤였다. 별가루 같은 모래가 반짝이고 있다.

백은룡은 바다에 뛰어들었다. 잠수하면서 날개를 접고, 헤엄치기 적합한 유선형을 취했다.

섬에서 500미터쯤 떨어진 곳의 깊은 바다에서, 고래를 발견했다. 헤엄치기 시작한 지 고작 수십 초. 이렇게 빨리 찾을 줄은 몰랐다. 운이 좋았다.

용은 입을 벌리고 고래의 몸통을 깨물었다. 몸집은 고래가 용보다 훨씬 크다. 하지만 용이 훨씬 민첩하고, 힘세다.

용은 큼직한 고래를 입에 물고, 단숨에 수면으로 상승한다. 그 엄청난 속도에 놀란 고래는 자신한테 무슨 일이 일어난 건지 몰랐으리라. 그리고 그대로 의식을 잃었다. 물려 죽기 전에, 급격한 상승에 따른 수압 차이가 고래를 죽인 것이다.

용은 채찍처럼 목을 휘둘러서 고래를 섬으로 던졌다.

새까맣고 거대한 몸뚱이가 물방울을 반짝반짝 흩뿌리며 포물선을 그리며 날아간다. 느긋하게 하늘을 날던 바닷새들이 허둥지둥 길을 비켰다.

용이 사는 섬의 해변에, 고래의 사체가 떨어졌다. 그 충격에 조그마한 섬의 지면이 들썩였다.

용은 섬으로 돌아가 고래 고기를 먹기 시작했다.

몸길이가 18미터가량 되는 시꺼먼 고기의 3분의 1 정도를 먹고, 용은 식사를 마쳤다. 나머지는 나중에 먹을 작정이었다.

다시 신전으로 가려던 순간, 용은 어떤 생물을 눈치챘다.

원숭이와 흡사한, 조그마한 생물.

그것은 일전에 본 어린아이다. 용은, 그 어린아이를 까맣게 잊고 있었다.

용은, 파란 눈을 치켜떴다.

내 피를 뒤집어쓰고 살아 있을 줄이야.

어린 여자아이의 머리카락은 검다. 눈도 같은 색깔이다. 걸친 옷은 아이의 옷이기는 하나, 고급스러운 드레스다. 옷에는 바닷물로 피를 씻어내려고 하다가 생긴 듯한 주름이 있었다. 그러나 얼룩진 피를 완전히 지우지는 못했다.

어린아이가 두 발로 똑바로 서고, 나무 뒤에 숨어서 자신을 쳐다보고 있다. 용을 경계하고 있다. 굶주린 것처럼 보이긴 하지만, 분명히 살아 있다.

용은 곧 이해했다. 자기 피의 영향을 받은 것이다.

용의 피는 맹독이다.

1만 명의 인간이 그 피를 뒤집어쓴다면, 9999명은 죽는다.

하지만 한 명은 살아남는다. 그리고 독을 극복하고 살아남는다면 그 인간은 피의 주인과 같은 힘을 지니게 된다.

이 어린아이는 그 '한 명'일 것이다. 그래서 고작 세 살배기로 보이는데도 똑바로 설 수 있는 것이다.

'아아. 그렇게 된 것인가.' 하고 용은 생각했다.

운명이, 하늘이, 신의 뜻이, 이 어린아이를 살린 것이다.

용은 마음을 정하고 신전으로 날아갔다.

하늘을 날면서, 용은 마음에 걸렸다. 어린아이의 피부가 이상하게 누렇게 뜨고, 메마른 것이.

아래를 굽어보니, 어린아이는 죽은 고래가 있는 곳으로 뛰어가서 그 고기를 먹고 있었다.

그날 중에 용은 다시 해변으로 향했다. 남은 고래 고기를 먹기 위해서가 아니다.

해변의 상공에 접어들었을 때, 용의 파란 눈은 어린아이를 발견했다. 자신이 만든 커다란 그림자에서 도망치려는 듯이, 숲속으로 뛰어가고 있었다.

용이 해변에 착륙한다. 어린아이는 또 나무 뒤에 숨어서 자신을 보고 있었다. 아니, 정확히는 고래 고기를.

분명 용이 다시 고래 고기를 먹으러 온 거라고 생각한 것이리라. 얼마나 남을지 걱정하는 것 같았다. 허기에 찬 눈빛과 누렇게 뜬 피부가 어린아이의 식사 사정을 여실하게 알려주었다. 벌레나 나무뿌리만 먹고 사는 것일까.

『이리 온.』

용은 어린아이에게 말을 건넸다. 어린아이는 몸을 흠칫 떨었다.

『겁먹지 마라. 잡아먹거나 그러진 않을 테니. 신께서 그대에게 살라고 명했으니까.』

용이 구사하는 건 사람의 말이 아니다.

신께서 내려주신 언령(言靈), 『진성언어(眞聲言語)』다.

먼 옛날, 인간이 여러 민족으로 갈라져서 다양한 언어를 쓰게 되기 전 언어다. 진성언어로는 온갖 생물과 의사소통이 가능하다. 상대의 지능, 지식과 관계없이 전하고 싶은 뜻을 전해주는 만능 언어다.

말을 건네는 용의 목소리는 상냥하지만, 그래도 어린아이는 용이 아직 무서운 것 같았다. 용은 높이가 15미터나 되니 어쩔 수 없다.

백은룡은 적의가 없다는 것을 드러내기 위해, 긴 목을 천천히 굽히며 머리를 숙였다.

그리고 발톱에 걸린 선물을 내밀었다.

형형색색의 과일이다.

그가 사는 신전 주위에 열매를 맺은 것이다.

용은 발톱이 크고 손재주가 좋지 않아서, 몇몇 과일은 따면서 으

깨지고 말았다.

『자, 이 열매를 먹어라. 고기나 벌레만 먹으면 몸이 상한다. 아무리 내 피를 뒤집어썼다고 해도, 그대로 가다간 죽을 것이야.』

어린아이는 첫걸음을 내디디는 데 시간이 걸렸지만, 그 뒤로는 잽쌌다. 용을 향해 뽀로로 뛰어가더니, 용의 발톱에 꽂힌 열매를 빼서 한 입 베어 물었다.

『맛있어.』

말한 본인도 놀랐다. 어린아이는 진성언어로 말할 수 있었다.

어린아이가 먹은 과일은 인간의 나라에서 일컫는 배나 사과와 비슷했다. 하지만 그것들은 평범한 과일이 아니었다.

『그대가 먹은 과일의 이름은 지혜의 열매다. 먹은 자에게 지혜와 지성을 주지.』

열매가 준 지성과 진성언어라는 만능의 언어 덕분에, 어린아이는 원활한 의사소통이 가능해졌다.

어린아이는 조그마한 입을 양손으로 막았다.

『안 돼. 옛날이야기에서 들었어. 인간이 지혜의 열매를 먹는 건 죄라고 했어.』

『하하, 그렇지 않아. 지혜의 열매를 먹는 건 죄가 아니다. 열매를 먹고 얻은 지혜로, 타인에게 해를 입히는 게 죄인 거지. 어서, 무서워하지 말고 더 먹어.』

어린아이는 용의 말을 듣고 안심하더니, 남은 과일을 입에 넣었다. 훈훈한 광경을 보면서, 용은 어린아이에게 충고했다.

『지혜의 열매를 먹었으니, 그대는 인간의 마음을 누구보다 잘 알아채겠지. 하지만 그 힘으로 타인을 속이면 안 돼. 신께서 보고 계시니까.』

어린아이는 고개를 끄덕이며 계속 먹었다.

과일을 다 먹은 후, 어린아이는 말했다.

『고마워.』

부자연스럽게 누렇게 뜨고 메말랐던 피부가 생기를 되찾는다. 지혜의 열매는 영양 면에서도 인간 세상의 열매와 차원이 다르다.

『왜 나를 구해준 거야?』

『그대를 구해준 건 내가 아니라 신이다. 신께서 그대의 목숨을 구해주신 거지.』

『신?』

『그대는 내 피를 뒤집어쓰고도 살아남았지. 나는 그것을 신의 뜻이라고 해석했다. 그대는 여기서 죽을 운명이 아니라고.』

『신은 진짜로 있어?』

『물론이지. 실제로 이 섬은 신께 총애받고 있다.』

지혜의 열매가 맺히고, 생명의 나무가 자라며, 강에는 넥타르가 흐른다. 이곳은 그런 섬이다.

『여기는 어디야?』

『큰 바다에 있는 외딴섬이다. 인간들은 백은도(白銀島)라고 부르지만, 신께서 내려주신 이름은 에덴이야.』

이번에는 용이 물었다.

『여기가 어디인지 모르면서 온 거니?』

어린아이는 고개를 끄덕였다.

『무서운 사람들에게 납치당했는데, 어느새 여기 있었어.』

납치낭했다.

어린아이가 입은 옷을 보고, 백은룡은 생각했다.

용은 세상 물정에 밝은 편이 아니지만, 그것이 귀족이 입는 것임은 알았다. 비열한 인간은 약탈하거나 사람을 납치한다고 하니, 이 어린아이는 피해자이리라.

『그대를 인간의 나라로 데려다주마.』

용은 그렇게 제안했지만…….

『그건 싫어..』

어린아이는 고개를 숙였다.

『그대가 돌아오기를 기다리는 가족이 있잖아?』

백은룡은 오늘까지 수많은 인간을 죽였다. 하나같이 그의 피와 섬의 보물을 노리는, 해로운 자들이지만, 아무튼 많이 죽였다.

대부분은 다 큰 남자였다. 건장한 육체를 지닌 남자일지라도, 절반 정도는 죽는 순간에 어머니를 불렀다. 눈물을 흘리고, 절규를 토하며, 설령 이 자리에 있을지라도 아무런 도움이 안 될 어미를 찾았다.

그렇기에 어린아이의 말은 뜻밖이었다.

『부모가 있지?』

『있지만, 얼굴도 모르는걸..』

어린아이의 표정에는 감정이 없다.

『난 쭉 가정교사랑 지냈어. 집안이 귀족이니까, 훌륭한 사람이 되래. 언니도, 오라버니도, 다 그랬어. 아, 그래도 오라버니는 아버지가 조금 신경 썼을지도 몰라. 아무튼, 나한테 부모 같은 건 없는 거나 마찬가지야.』

어린아이는 커다란 눈으로 용을 쳐다봤다.

『너는?』

어린아이가 물었다.

『너도 여기서 외톨이야?』

『아니야.』

용은 귀를 기울여 보라고 말했다.

『진성언어를 쓸 수 있게 된 지금의 그대라면 알 수 있을 것이야. 숲속 동물들이 우는 소리, 벌레들이 윙윙거리는 소리, 그리고 새가 지저귀는 소리가 어떤 의미인지를 말이지.』

진성언어로는 온갖 생물과 의사소통할 수 있다.

지금의 어린아이는 숲에 사는 동물들의 목소리를 이해하고, 그들이 진심으로 행복함을 알았다.

『좋겠다······.』

어린아이는 부러운 듯이 말했다.

『나도 여기서 살고 싶어.』

『살아도 되지. 그대가 바란다면.』

어린아이는 동그란 눈을 크게 뜨더니, 용을 쳐다봤다.

『그래도 돼?』

『물론이지. 하지만 이 섬, 에덴에서 살려면 신의 가르침에 따라야만 해.』

『신의 가르침?』

『에덴에 있는 그 어떤 생물과도 싸우면 안 된다. 미워하거나, 원망하거나, 혐오하면 안 된다. 모두 친구이자, 가족이지. 서로 사랑하고, 아끼는 것이야. 그럴 수 있다면 그대는 여기서 살아도 된다.』

『그런 건 간단해. 그런 가르침이 있다면, 에덴의 생물도 나를 괴롭히지 않을 거잖아? 그렇다면 미워하거나 원망할 필요가 없는걸. 그 약속, 지킬게.』

『알았다. 그렇다면 그대와 나는 친구이자 가족이다.』

어린아이는 순수하게 웃었다.

『저기, 뭐라고 부르면 돼? 내 이름은…….』

『이름을 밝히지 않아도 된다. 여기는 인간의 나라가 아니거든. 나는 그대를, 그대라고 부르마. 그대도 나를, 그대라고 불러라. 서로가 진심으로 사랑한다면, 이름 따윈 없어도 충분해.』

『알았어.』

『그 여자애 같은 말투도 관둬라. 성별은 차별을 낳는 계기가 될 때가 있지. 꾸밈없는 말을 쓰는 거다.』

『꾸밈없는 말……. 어떤 식으로 말이야?』

어린아이는 그렇게 말한 뒤.

『그래. 너의…… 아니, 그대의 흉내를 내면 되겠지.』

이렇게 말투를 바꿨다.

용은 크고 길쭉한 등에 어린아이를 태우더니, 자신의 거처인 신전으로 향했다.

어린아이는 금방 동물들과 친해졌다. 겨우 세 살이라 다행이었다.

만약 조금 더 나이를 먹었다면, 그 마음이 세속에 물들어 에덴의 백성들과 진심으로 교류하지 못했으리라.

어린아이는 꽃을 아끼고, 바람과 함께 노래하며, 토끼와 함께 들판을 뛰어다녔다.

수많은 생물과 친해졌지만, 어린아이가 가장 따르는 건 용이었다.

『나를 가장 먼저 상냥하게 대해 줬으니까.』

잠들 때는 항상 용의 꼬리 혹은 몸통, 혹은 목에 몸을 맡겼다.

이 어린아이는 자기를 부모로, 피가 섞인 아비로 여기는 걸지도 모른다고 용은 생각했다.

어린아이의 성장은 어마어마하게 빨랐다.

그녀가 뒤집어쓴 용의 피, 그리고 이 섬에서만 나는 열매가 생명력이 넘치는 생물로 만들었다.

9년이라는 세월이 흘러, 어린아이는 소녀로 성장했다.

인간이라면 아직 열한두 살이겠지만, 그 눈부신 지성은 어른과 비교해도 손색이 없었으며, 신체 능력으로는 인간을 능가했다. 신의 열매에 의한 축복이 신체 성장을 촉진하면서, 나이에 걸맞지 않게 키가 컸고 가슴 또한 부풀어 올랐다. 때때로 화려한 빛깔의 새나 아름다운 공작, 그리고 힘이 센 참수리에게 구애받아서 쩔쩔매는 모습을 보게 됐다.

소녀는 섬에 사는 말보다 빠르게 달리고, 멧돼지보다 힘세고, 뱀보다 민첩해졌다.

하지만 성장하는 과정에서 소녀의 색깔은 변화했다.

칠흑에서, 백은으로——.

용이 흘린, 수은 같은 피의 영향이다. 소녀의 머리는 용의 비늘과 색이 같았다.

피부는 하얗고, 눈은 피가 맺힌 것처럼 붉으며, 머리카락은 달처럼 은색을 띠었다. 색소가 소녀의 몸에서 빠져나간 것이다.

에덴을 노리는 인간이 다시 섬을 찾은 것도, 마침 그 무렵이었다.

인간이 쳐들어오면 용은 해변으로 가고, 그들의 선박을 격퇴했다. 항상, 매번, 그랬다.

하지만 겨우 9년 만에 인간의 과학 수준은 비약적으로 발전했다.

용을 죽이기엔 아직 이르다. 하지만 이번에 쳐들어온 군함에는 용의 비늘을 꿰뚫을 수 있는 위력을 지닌 대포가 수십 문이나 달려 있었다. 인간이 손에 넣은 기관단총은 여전히 장난감 수준이지만, 적정거리에서 쏜다면 용의 비늘에 금이 가게 할 수 있다.

간헐적으로 이어진 포격 소리. 불꽃이 밤바다를 붉게 비췄다.

백은색 피가 흩뿌려졌다. 가벼운 상처지만, 얼핏 봐서는 격렬하게 피가 튀는 것 같았다.

함선을 두 동강 내면서, 용은 생각했다.

——오래 버티지는 못할 것이다.

적이 아니라, 자신이.

군사력의 눈부신 발달을 보면 앞으로 10년, 아니 5년만 지나면 인간의 기술은 자신에게 치명상을 입힐 수준에 이를 것이다. 그렇듯 냉철하게 분석했다.

그것은 상관없다.

강자는 살고, 약자는 죽는다. 신께선 그렇게 되게끔 피조물을 창조했다.

용의 시대는, 여기까지다. 그뿐이다.

나는 머지않아, 죽는다.

문득, 눈치챘다. 귀에 거슬리던 기관단총의 소리가 멎었음을.

용이 해치운 것은 아니다. 백은룡은 군함을 상대하고 있었다.

해변에 내린 인간들이, 어느새 죽었다.

아니, 살해당했다.

해변은 피로 물들어 있었다. 9년 전에 자신이 그랬던 것처럼…….

조그마한 용이, 거기에 있었다.

바람에 나부끼는 긴 은발은, 마치 꼬리 같았다.

몸에 걸친 새하얀 옷은, 펄럭이는 날개 같았다.

하늘과 땅을 가리지 않으며, 소녀는 날아다녔다. 총탄의 폭풍을 헤치며, 소녀는 사람을 죽였다. 날씬한 다리로 날린 일격은 맞은 인간의 머리를 쪼갰다. 조그마한 손바닥을 내지르자, 방어구와 함께 적의 가슴을 꿰뚫었다.

그 모습은, 마치 백은룡의 딸 같았다. 조그마한 용이, 부모를 돕고 있는 것 같았다.

아니다.

분명 소녀는, 그렇게 생각하고 싶은 것이리라.

자신은, 백은룡의 딸이라고…….

용의 마음이 욱신거렸다.

인간들을 격퇴하고, 용과 인간은 신전으로 돌아갔다. 소녀는 용의 상처를 걱정했지만, 그것이 가벼운 수준임을 알고 안심했다. 다행히 소녀는 다치지 않았다.

『이걸 어쩌면 좋지?』라며 소녀는 이를 악물었다.

『인간의 무기가 놀라운 속도로 발달하고 있어. 이대로 가면…… 그대가 죽을 거야. 에덴을 지키는 용이 말이지.』라고 소녀는 말했다.

『그래. 나는 머지않아, 죽을 거야.』

『왜 인간이 이 섬을 노리는 것이지?』

『에덴에는 지혜의 열매와 생명의 나무 같은…… 신의 피조물이 많이 있거든. 현세에서의 행복을 지상과제로 여기는 인간이 탐내는 게 당연한 것들이야.』

『하지만 그것들은 그대가 죽으면 재가 돼.』

백은룡은 에덴의 수호자다.

수호자가 죽는 순간, 섬의 생물은 전부 불타서 재가 된다. 지혜의 열매도, 생명의 나무도, 넥타르도, 전부 재가 되는 것이다. 신은 그 피조물을 어리석은 자들에게 주지 않는다.

『에덴의 피조물은, 재가 되더라도 귀중한 자원으로 이용할 수 있어. 그리고 수호자인 나는 예외적으로, 죽어도 재가 되지 않아.』

용의 지방은 연료로써, 피는 강장제로써, 비늘은 갑옷으로써, 이빨은 검으로써, 고기는 영양분으로써, 큰 가치를 지닌다.

인간에게 에덴과 그곳을 지키는 용은 희생을 치러서라도 사냥할 가치가 있다.

『우리는…… 아무에게도 피해를 끼치지 않고…… 평화롭게 살고 싶을 뿐인데…….』라고 소녀는 말했다.

심각한 기색인 소녀를, 용은 파란 눈으로 가만히 보고 있었다.

『그대는, 살고 싶은 거가?』

소녀는 고개를 갸웃거리며 말했다. 『당연하잖아?』

당연하지 않다.

인간의 나라에서는 생에 집착하는 게 당연하리라. 하지만, 이 섬은 다르다. 에덴의 생물은 죽은 뒤에 영적 구원이 약속되어 있다. 그렇기에 에덴에서 태어난 생물은 죽음을 바라진 않을지언정, 두려워하진 않는다.

(이 아이는 어쩌면…….)

용은 잠시 기다려 달라고 말한 후, 신전 안쪽으로 향했다.

먼 옛날, 백은룡이 인간에게 숭배받던 시대가 있었다. 천재지변이 일어났을 때, 그리고 다른 나라에서 쳐들어왔을 때, 인간들은 용에게 공물을 바쳤다. 보석, 금은보화, 꽃, 옷, 인형, 곡물, 젊은 여자. 그에게는 전부 필요 없는 것들이었지만…….

(저 아이에게는 필요할지도 모르겠군.)

용이 간 방에는 수많은 공물이 들어 있었다.

용은 각양각색의 보석을 보며 생각했다. 인간 여자가 보석을 좋아한다는 건 안다. 하지만 용은 인간의 취향을 이해할 수 없었다. 눈부시게 빛나는 돌 중 어느 것을 고르면 될까.

한동안 곰곰이 생각해 봤지만, 시간을 들여도 소용없다는 사실만 판명될 뿐이었다.

　용은 보석 하나를 고르고, 흠집이 나지 않도록 세심하게 주의를 기울이면서 소녀가 있는 곳으로 돌아왔다.

　커다란 발톱 위에 놓인 것은 석류석으로 된 목걸이였다. 소녀의 눈동자와 같은 색깔이라서 이것을 골랐다.

『이걸 그대에게 주마.』

　소녀는 석류석을 넘겨받았다.

『이걸, 나에게…….』

　예쁘다며 황홀한 투로 말한 소녀는 그 보석을 꼭 끌어안았다.

『기뻐. 예전에 열매를 받았을 때만큼…….』

　그 모습을 본 용은 확신했다.

『마음에 들었다니, 기쁘구나.』

　기쁘지만, 슬프다.

　에덴의 생물이, 보석을 받았다고 기뻐할 리가 없다.

　──역시 이 아이는 인간 세상으로 돌려보내야 한다.

　용은 공물이 보관된 방을 발톱으로 가리켰다.

『저 방에는 더 많은 보석이 있다. 옷도 있지. 전부 그대에게 주마. 마음껏 꾸며라.』

　소녀는 석류석을 손에 쥔 채 고개를 끄덕이더니, 공물이 놓인 방에 들어갔다.

　그 솔직한 모습을, 용은 쓸쓸한 듯한 눈빛으로 지켜봤다.

소녀는 두 시간가량 방에 틀어박혔다.

용은 그녀를 기다렸다. 아무리 기다리게 되더라도, 용이 인간처럼 화내는 일은 없다. 수천 년을 산 용에게, 두 시간은 눈 깜빡이는 시간이나 다름없었다.

방에서 나온 소녀는 진홍색 의복으로 온몸을 감싸고 있었다. 드레스도, 코르셋도, 블라우스도, 리본도…….

전부, 석류석과 같은 색깔이었다.

『다양한 색깔의 옷이 있었을 텐데…….』

『빨간색을 좋아하거든.』

방금 좋아하게 됐다고, 소녀는 말했다.

『이 섬 밖에는……』하고 용은 말을 이었다.

『더 많은 옷과 보석이 있다. 그대가 좋아하는 것, 좋아하는 빨간색이 잔뜩 있지.』

소녀는 화들짝 놀란 표정으로 용을 쳐다봤다.

붉은 눈동자와 파란 눈동자가, 엇갈렸다.

『없다.』

소녀는 말했다. 용의 말을 계속 듣고 싶지 않은 것 같았다.

『내가 원하는 건, 전부 이 섬에 있다.』

『내 말 잘 들어라.』

소녀가 고개를 돌렸지만, 용은 무시하며 말을 이었다.

『내가 죽는 순간, 이 섬의 존재는 재가 된다. 이 섬의 존재는 말이지. 그대는 이 섬의 존재가 아니다. 섬 밖에서 태어난 존재야. 내가 죽더라도, 그대는 재가 되지 않는다. 그대는 내가 죽은 후에도 살아

가야만 해. 섬 밖에서 말이다.』

거기까지 말한 용은 퍼뜩 깨달았다.

아무래도 자신은 이 소녀가 죽지 않기를 바라는 것 같았다.

『섬 밖에는 내가 있을 곳이 없다.』라고 주장하는 소녀.

『그대가 섬 밖에서 지낸 것은 겨우 2, 3년밖에 안 될 텐데? 그 2, 3년 동안은 운이 좋지 않았던 거다. 그대를 상냥히 대해 줄 인간은 분명 있을 테지.』

소녀는 격렬하게 고개를 저었다. 눈가에 물방울이 맺히더니, 대리석으로 된 바닥에 떨어져서 사방으로 튀었다.

소녀는 말했다.

『그래도…… 처음으로 나를 상냥하게 대해 준 건, 그대다.』

다른 누구도 아닌 바로 그대라며, 소녀는 눈물이 눈가에 맺힌 채 말했다.

『그대와 함께 있고 싶다.』

그것은 용도 같은 심정이었다.

에덴의 생물은 전부 가족이자 친구지만, 소녀는 용에게 특별했다.

분명 어릴 적부터 소녀를 봤기 때문이리라. 피가 이어지지 않았기에 확신할 순 없지만.

——아무래도 나는, 아버지로서 이 아이를 사랑하고 만 것 같다.

소녀는 말했다.

『그대가 죽는 걸 바라지 않아. 에덴의 생물은 전부 가족이자, 친구지만…… 그대는 나에게 특별해.』

용이 마음속으로 생각한 것과, 똑같은 말이었다.

『인간이 이 섬에 쳐들어온다면, 같이 이 섬을 떠나자. 용의 비술 중에는 인간의 모습으로 변신하는 게 있잖아. 인간으로 변해서 같이 살아가자.』

그것은 있을 수 없는 제안이었다.

『신께서는 내게 에덴을 수호하라는 사명을 내리셨다. 그것을 내팽개칠 수는 없어.』

하지만…….

『신이 진짜로 있는 거야? 있다면 왜 우리를 구원해 주지 않는 거지? 우리는 나쁜 짓을 하지 않았는데…….』

『아니, 신께서는 우리를 구원해 주실 거다. 잘 들어라. 지금부터 내가 하는 말을, 그대는 절대로 잊어선 안 된다. 우리는 에덴에서 누군가를 증오하거나 미워하는 일 없이, 서로 사랑하고 존중하며 살아왔다. 이건 인간의 나라에서는 결코 이뤄질 수 없는 선행이지.』

그러니 신은 존재한다.

선한 일을 한다면, 구원해 주실 것이다.

『선행을 쌓은 영혼은, 사후에 영년왕국이라는 장소로 간다. 거기는 영원한 낙원이지. 무한한 수명 동안, 병에 걸리거나 늙는 일 없이, 사랑하는 자들과 함께할 수 있다. 물론 바다 너머에서 쳐들어오는 위협을 두려워할 필요도 없지. 나는 그대와, 그곳에 가고 싶다. 그러니 인간의 나라로 건너간 후에도 신을 의심하지 마라. 가르침을 저버려선 안 돼.』

『그렇다면…… 영혼을 구원해 줄 테니, 지금은 체념하고 죽으라는 게 신의 뜻인 건가?』

용은 깨달았다.

소녀가 이 섬에 오기 전에 보낸 3년이란 시간이 치명적이었다.

아직 어린아이이니까, 그때는 늦지 않았을지도 모른다고 생각했지만…….

이 아이는 신을 믿지 않는다. 그래서 숨김없이 진지하게 밝힌 이 세상의 이치를, 받아들일 수가 없다.

딸은, 근본적인 부분이 인간이었다.

『……알았다. 함께 인간의 나라로 가자. 잠시, 인간의 세계에서 살아보자.』라고 용은 말했지만, 이것은 딸과 함께 인간으로 살기로 결심해서가 아니다.

딸을, 그녀가 돌아가야 하는 인간 세상에 익숙해지게 해주려는 것이다.

용의 상처가 완전히 낫는 데는 3일이 걸렸다.

인간의 나라로 떠나는 날 밤, 용은 딸에게 자기 비늘 한 장을 줬다.

『그것을 삼켜라. 그러면 그대는 한동안 용으로 변할 수 있다.』

소녀는 주저 없이 비늘을 삼켰다. 조그마한 몸에 변화가 발생하더니, 순식간에 조그마한 용이 됐다.

커다란 용과 조그마한 용.

나란히 있으니, 진짜 부모 자식 같다.

두 마리 용은 섬을 떠나 인간의 나라로 향했다.

그들이 향한 곳은 노벨란트라는 제국의 수도다. 제국에서 가장 화려한 도시, 니벨룽겐이다.

하지만 직접 니벨룽겐에 내려설 수는 없다. 백은룡은 너무 눈에 띈다. 용이 처음 향한 곳은 도시에서 조금 떨어진, 인적이 드문 장소였다.

두 마리의 용이 착륙했다. 다행히 아무도 보지 못했다.

커다란 용은 비술을 써서, 청년의 모습으로 변신했다. 짧은 머리카락은, 비늘과 마찬가지로 백은색이었다.

조그마한 용은 소녀의 모습으로 되돌아왔다. 인간의 모습으로 되돌아가고 싶다고 생각하면 돌아갈 수 있다.

두 사람은 알몸이었다.

소녀는 손으로 가슴과 사타구니를 숨기며 몸을 웅크렸다.

그리고 사과처럼 빨개진 얼굴로 말했다.

『보, 보지 마…….』

청년은 소녀가 저런 말을 하는 이유를 몰랐지만, 소녀에게서 돌아섰다.

자신은 소녀를 키운 아버지이며, 소녀도 분명 자신을 아버지처럼 여기고 있다. 부모 자식 사이이니까, 서로가 알몸이더라도 부끄러워할 필요는 없을 텐데.

청년은 근처 바위 뒤로 걸어갔다. 그곳에는 커다란 가방이 숨겨져 있었다. 안에는 옷을 비롯한 여행 물품이 들어 있었다. 낮에 가져다 둔 것이다.

청년은 소녀를 보지 않으려고 하면서, 그녀를 위해 준비한 옷을 건네줬다. 등 뒤에서 허둥지둥 옷을 입는 소리가 들려왔다. 그동안 청년도 옷을 입었다.

『이제, 봐도 돼…….』라고 소녀가 말했다.

노벨란트 제국 중산층의 옷을 입은 소녀의 모습이 눈에 들어왔다.

소녀는 옷을 입어서 한숨 돌린 것 같지만, 이번에는 청년이 긴장할 차례였다.

인간의 모습으로 변한 용은 본래 힘의 10분의 1도 발휘할 수 없다. 어쩌면 같이 있는 소녀보다 약할지도 모른다. 게다가 일부 인간은 사람으로 변한 용을 알아볼 수 있는 눈을 지녔다고 들었다. 만일 공격받는다면, 소녀를 지켜내는 건 어려우리라.

한적한 전원 풍경이 눈에 들어왔다. 먼 곳에는 어둠에 휩싸인 산이 있었다.

돌로 만든 조그마한 다리로 향했다. 그것이 수도로 이어지는 길이다.

청년은 소녀의 팔을 잡아당겼다.

『내 옆에 있어라.』

만에 하나 습격당한다면, 청년은 자기 몸을 바쳐서라도 소녀를 지킬 생각이다.

소녀의 볼이 빨개졌다. 하지만 그것은 부끄러움에서 비롯된 것과는 전혀 다른 홍조였다.

소녀는 손만이 아니라, 몸까지 청년과 밀착했다.

두 사람은 밤새도록 걸어서, 마침내 수도에 도착했다. 평범한 인간이라면 다리가 뻣뻣해졌을 테지만, 두 사람은 멀쩡했다.

니벨룽겐의 대로 앞, 도시의 이름이 새겨진 아치 구조물 아래. 수도에 발을 들이기 직전, 백은색 청년은 걸음을 멈췄다.

청년은 소녀를 똑바로 응시하며 말했다.

『드디어 인간의 도시에 들어갈 거다. 그 전에, 그대에게 부탁하고 싶은 게 있어.』

그 목소리는 딱딱했다.

『부디 선입관을 가지지 말고, 주위를 둘러봐다오. 상냥한 사람도 있을 거다. 즐겁게 느껴지는 것도 있겠지.』

소녀는 깊이 생각하지 않고 고개를 끄덕였다.

그 끄덕임에는 약간의 거짓이 섞여 있었지만, 청년은 눈치채지 못했다.

실은 소녀는 이미 즐거웠던 것이다.

논밭 말고는 아무것도 없는 밤길을 청년과 손을 잡고 걷기만 하는데, 소녀는 즐거웠다. 가슴이 뛰었다. 또 한 번 손을 맞잡고, 이번에는 청년이 자신과 몸을 밀착해 주기를 바랐다.

이미 즐겁다고 말하지는 않았다. 그 말을 한 순간에 목적이 달성되어서, 이 즐거운 시간이 끝날지도 모른다는 우려에 사로잡혔다.

소녀는 조금만 더, 청년과 걷고 싶었다.

두 사람은 고급스럽지도 허름하지도 않은, 중간 수준의 호텔을 거점으로 삼기로 했다.

방에 짐을 두고 잠시 쉰 다음, 두 사람은 시내로 나갔다.

수도인 만큼, 도시는 사람들로 북적이며 활력이 넘치고 있었다.

하지만 그것이 전부였다.

소녀가 즐겁다고 느끼는 것이, 이 도시에는 하나도 없었다.

함께 시골길을 걸을 때 느꼈던 것 같은, 소박한 기쁨이나 가슴 떨리는 기분을 이 도시에서는 전혀 느낄 수 없었다.

왜냐하면 오른쪽을 봐도, 왼쪽을 봐도…….

『용을 죽이는 자』만이 눈에 들어오는 것이다.

오페라 공연을 하고 있었다. 사악한 용 파프니르를 영웅이 죽이는 이야기다. 혹은 반역의 용 루치펠에게, 신이 번개를 날려서 지옥으로 떨어뜨리는 이야기. 가수는 힘찬 목소리로 노래했다. 영웅의 용맹한 활약과 용의 한심한 꼬락서니를.

광장에는 동상이 있었다. 용의 가슴에 창을 박은 병사의 동상이다. 광장을 뛰어다니는 아이들은 드래곤 슬레이어 놀이를 즐겁게 하고 있었다. 드래곤 슬레이어 역할은 인기였으며, 앞다퉈 자기가 하려 했다. 결국, 군인의 자식으로 보이는 아이가 드래곤 슬레이어 역할을 맡고, 심약해 보이는 아이가 사악한 용 역할을 떠맡았다.

책을 팔고 있었다. 여성에게 인기 있는 사랑과 낭만이 가득한 소설이며, 영예로운 상을 받았다고 한다. 그 줄거리는 왕자가 용을 죽이고 구출한 공주와 맺어지는 내용이었다.

조그마한 용의 고기를 구워서 파는 노점이 있었다. 용의 고기를 굽는 불꽃, 그 연료 또한 용의 지방을 썼다고 한다. 질 나쁜 농담처럼 느껴졌다.

활기 넘치고, 화려한 이 니벨룽겐이란 도시는,

청년이 소녀에게 '상냥한 사람도 있다'고, '즐겁게 느껴지는 것도 있을 것이다' 라고 말한 도시는,

소녀에게 있어,

악몽이 현실로 변한 세상이었다.

그래도 소녀는 계속 걸었다.

아치 구조물을 지나기 전에, 청년은 소녀에게 말했다. '부디 선입관을 가지지 말고, 주위를 둘러봐다오.' 라고.

그리고 3일째 되던 날, 용을 구하려고 하는 단체를 발견했다. 그 단체를 본 소녀는 가슴이 뛰었지만, 단체의 활동 내용을 듣고 실망에 사로잡혔다. 그 단체는 용을 죽일 때 안락사를 시켜야 한다고 주장했다. 용의 목숨을 구할 생각은 애초에 없었다.

3일로, 충분했다.

호텔 레스토랑에 준비된 저녁 식사는 모래를 씹는 것만 같았다. 식사조차 즐길 수가 없었다. 인간의 나라에서 쓰는 식재료는 에덴에서 직접 구하는 것보다 훨씬 조악했다.

——밤길을 쭉 걷기만 했다면 참 좋았을 텐데…….

소녀는 포크와 나이프로 새 고기를 잘랐다. 지식으로서 식기 사

용법을 알지만, 실전에서 바로 능숙하게 쓰지는 못했다. 그래서 약간 어설펐다.

그 모습을 본 청년이 말했다.

『잘 봐라. 나이프는 이렇게 쓰는 거다.』

청년은 능숙하게, 새 고기를 썰었다. 아름답고, 세련되게.

소녀의 식기가 부딪치며 달그락거리는 소리를 냈다.

이제, 한계였다.

소녀의 손에는 나이프도, 포크도 쥐어져 있지 않았다.

그저 주먹을 말아쥐고만 있었다. 희미하게, 떨리기까지 했다.

소녀는 이제 참을 수가 없었다.

오페라도, 동상도, 어린애도, 책도, 노점도 문제지만……

그 이상으로,

그런 것을 똑똑히 보고도 태연한 청년을 참을 수가 없었다.

『아무것도 안 느껴지는 건가?』

『뭐가 말이지?』

청년이 고기를 입에 넣었다.

『용이 죽임을 당하고 있다. 그리고 사람들이 그것을 찬미하고 있다. 용이 잡아먹히고 있다. 용이 연료로 쓰이고 있다. 같은 용인데, 아무것도 안 느끼는 건가?』

두 사람은 진성언어로 대화를 나눴기에, 레스토랑에 있는 다른 손님에게 들리지 않았다.

『증오의 불꽃을 불태우면 안 돼. 설령 현세에서 비참하게 죽더라도, 마음만 깨끗하다면 우리는 영년왕국에서 만날 수 있으니까.』

청년은 고기를 삼켰다.

『신께서는 우리에게 그리 가르치셨다. 그 무엇에게도, 증오를 품으면 안 된다고 말이야.』

소녀는 입술을 깨물었다.

『가슴이 아프지는 않은 것이냐?』

『아플 리가 없지.』

『머릿속이 끓어오르지 않느냐? 모든 것을 내팽개치고 싶다는 생각이 들면서, 나이프를 확 고기에 찔러넣고 싶단 생각은 들지 않는 것이냐?』

입술이 찢어졌다.

『이 도시를 엉망으로 만들고 싶은, 생각은 안 드는 것이냐?』

『피가 나는구나. 입술을 깨물지 마라.』

『네가 죽어도, 아무도 슬퍼하지 않을 거다.』

『슬퍼할 필요는 없지. 오히려 죽음을 반길 일이다. 영년왕국에 초대된다는 것과 동일한 의미니까 말이야.』

어차피 인간은 인간이며, 용은 용이다.

두 사람은 절망적일 정도로 엇갈리고 있지만…….

──왜 이렇게 간단한 것도 모르는 걸까.

두 사람이 가슴에 품은 마음은 똑같았다.

나흘째에는 역사 박물관을 찾았다.

드래곤 슬레이어의 역사를 아는 것이 목적이다. 소녀가 그것을 희망했다. 소녀는 다른 시설에 관심을 보이지 않았지만, 여기만은 달랐다.

만약, 희망이 있다면……

소녀의 몸이 열기에 휩싸였다. 심장이 격렬하게 뛰었다.

싸울 수밖에 없다.

자기 몸에 흐르는 용의 피. 인간이 아닌 존재의 힘으로, 인간을 제압할 수밖에 없다. 용이 대지를 지배했다는 태고의 전설처럼.

역사 박물관에는 용을 토벌하는 데 쓰인 무기가 전시되어 있었다. 최신 무기의 성능도 파악할 수 있었다. 소녀는 핏발선 눈으로, 그 정보를 보고, 머릿속에 새겨서, 이해했다.

"하하."

소녀는 무심코 웃음을 흘렸다.

"큭……크큭……."

입가를 손으로 감쌌다. 박물관을 견학하던 손님들이 미심쩍은 눈길로 소녀를 봤다.

──알 바 아니다. 어떻게 웃지 않고 참느냔 말이다.

정말 말도 안 된다.

"인간의 과학이 이렇게 발전했을 줄이야."

용의 섬에 쳐들어온 함대는, '위력 정찰'과 '구형이 된 선박의 처분'을 겸한 장난에 지나지 않았다.

쳐들어온 인간 또한, 제대로 훈련받은 정규 군인이 아니었다. 사형수와 유배 처분을 받은 죄인에게 무기를 쥐여 줬을 뿐인 오합지졸이다.

박물관에 놓인 스크린에는, 영사기로 튼 흑백 영상이 상영되고 있었다.

백은룡보다 거대한 용이, 인간과 싸우고 있다.

아니, 인간이라기보다 기계와 싸우고 있다는 표현이 옳을까.

강철 덩어리로 된 차량에는 거대한 포신이 탑재되어 있었다.

중장갑 전차라고 하는 것 같았다.

전차 위에 탑재된 길고 두꺼운 주포가 용을 조준했다.

──캐논포 발동.

그것이 주포의 이름이었다.

흑백 영상은, 소리가 나오지 않았다.

한순간 스크린이 새하얗게 변하나 싶더니, 다음 순간에는 거대한 용의 가슴에 커다란 바람구멍이 뚫렸다.

용이 쓰러지자, 그와 동시에 영상이 격렬하게 흔들렸다. 그리고 장막 같은 흙먼지가 피어올랐다.

이런 것과 어떻게 싸우라는 걸까?

용의 힘은, 너무나도 구시대적이었다.

『인간의 모습으로 같이 살아 줘. 어딘가 먼 마을에서…….』

박물관을 나온 후, 소녀는 청년에게 말했다.

『그럴 수는 없다. 이해해다오.』

소녀는 이해가 안 된다고 말했다.

『신이 뭔데? 신도, 악마도, 천사도, 상관없다. 나는…….』

소녀는 잠시 뜸을 들인 후, 이윽고 결심을 한 것처럼 입을 열었다.

『그대를 사랑해.』

청년도 고개를 끄덕였다.

『나도 그대를 사랑한다.』

그게 아니라고, 소녀는 말했다.

『아버지로서도…… 그리고…… 다른 의미로도…….』

청년은 눈을 한껏 치켜뜨더니, 손으로 얼굴을 감쌌다.

『……아아, 어떻게 이런 일이. 아무리 에덴에서라도, 그것은 용서받을 수 없는 일이다.』

『인간과…… 용이라서?』

『그래서가 아니라는 건, 알고 있을 텐데?』

인간과 용이라는 것은 아무런 문제도 안 된다. 에덴은 자유로운 장소이기에, 인간과 늑대도 맺어질 수 있다.

문제는, 두 사람의 관계가 부모 자식이라는 점이다. 피가 이어지지는 않았지만, 부모와 자식의 연모는 에덴에 존재하는 몇 안 되는 금기 중 하나다.

소녀 또한, 그 금기를 모르는 건 아니다. 하지만 흘러넘치는 말을 멈출 수 없었다.

『좋아하니까, 그대가 살아 줬으면 한다.』

청년은 자신의 신앙 탓에 아무 말도 하지 못했다.

『그래.』라고 소녀는 중얼거리더니…….

『죽을 생각에는 변함이 없는 거지?』하고 용에게 물었다.

『그래…….』

『그렇다면 나도 같이 죽겠다.』

『하지만 그대는…….』

『이 도시에 와 보고 알았다. 용의 편은, 이 세상 어디에도 없어.』

그러니, 나만은……

『나만은, 최후의 순간까지 그대의 편이고 싶다.』

소녀의 얼굴을 본 청년은 놀랐다.

아까까지 그녀의 몸을 불태우고 있던 분노와 추악한 증오, 그리고 용서받지 못할 연심이 그 얼굴에는 존재하지 않았다.

인간은 그것을 깨달음이라고 부를지도 모른다. 혹은 체념이라고 부를까.

용은, 그것을 구별할 수 없었다.

『그대와 함께 영년왕국에 가겠다. 거기서라면…… 그대를 사랑해도 용서받을 수 있을까?』

『그래. 영년왕국에서라면, 분명…….』

영년왕국에는, 온갖 금기와 규칙이 존재하지 않는다. 진정으로 자유로운 곳이다.

인간의 나라를 떠날 때, 소녀는 잡념을 떨쳐낸 듯했다.

지금의 소녀라면, 신께서도 구원해 주시리라.

그렇게 생각했기에, 용은 소녀와 함께 섬에 돌아가서 언젠가 찾아올 멸망을 함께 맞이하기로 했다.

섬은 한동안, 평화로웠다.

변함없이 동물의 낙원인 이곳에는 싱그러운 과일이 열렸고, 신전은 장엄하면서 아름다웠다.

인간 나라에서 보낸 4일이 악몽이었던 게 아닐까. 그런 장소는, 이 세상의 어디에도 없는 게 아닐까. 소녀가 그런 생각을 할 정도로, 평화로운 나날이 이어졌다.

4년이란 세월이 흐르면서, 소녀는 열여섯 살이 되었다.

용의 피를 뒤집어썼고, 생명의 나무와 지혜의 나무에 열린 열매를 먹고, 넥타르로 목을 축이던 소녀는 완벽에 가까운 육체미를 지녔다. 그 미모는 신이 창조한 원초의 처녀에 한없이 가까웠다.

마음과 표정도 풍부해졌다.

소녀는 매일 밤 용에게 속삭였다. 사랑의 노래를.

그것은 용의 뇌마저 녹일 듯한 감미로운 음색이었다. 자칫하면, 그대로 자신의 몸을 맡길 것만 같았다.

──사랑해.

용도 사랑한다고 답했다.

──좋아해.

용도 좋아한다고 답했다.

결코 그 이상 다가서지 않도록, 용은 마음을 굳게 먹었다.

소녀를 사랑하기 때문이었다. 금기를 범하지 않고 선행을 쌓으면, 다음에 만나는 세상에서는 맺어질 수 있다.

고작 몇 년 후에 찾아올 파멸을 생각하면, 지금 이 소녀의 사랑에 응하는 것만큼 어리석은 짓은 없다. 영원히 이어지는 낙원의 행복을 버리고, 몇 년의 쾌락을 탐하는 건…….

멸망의 날은, 아무런 예고 없이 찾아왔다.

용은 신전에서 잠을 자고 있었다. 소녀는 붉은 드레스 차림으로 그에게 기대더니, 귓가에서 사랑의 음색을 속삭였다.

하지만 다음 순간, 소녀의 맑은 노래가 멎었다.

이변을 눈치챈 것이다.

먼저 이상한 냄새가 났다. 희미하게 코를 찌르는 그 냄새를 눈치챈 건, 소녀뿐이었다.

이어서, 소리가 들려왔다.

벌의 날갯짓 소리 같은 것이 희미하게 들려왔다. 그 뒤를 이어 뭔가가 무너지는 소리가 들려왔다. 그것은 새하얀 천장 너머에서 들려오고 있었다.

갑자기 꿍음과 함께 신전이 뒤흔들렸다. 용이 눈을 뜨더니, 몸을 일으켰다.

소녀와 용은, 신전 밖으로 나갔다.

그날이 온다면, 소녀는 전차와 싸우게 되리라고 생각했다.

하지만 지금, 한 용과 한 소녀를 습격한 것은 전투기였다. 밤하늘에는 불길한 강철 덩어리가 무수히 날아다니고 있었다.

그 공격은 공습이었다.

용은 날개로 공기를 때렸다. 열풍이 피어오르고, 상공으로 날아올랐다.

그 송곳니로, 발톱으로, 입으로 뿜는 불로, 전투기와 싸웠다.

날개가 없는 소녀가 할 수 있는 일은 아무것도 없었다.

백은룡은 강했다.

하나, 둘, 셋. 전투기를 차례차례 격추했다.

소녀의 가슴이 뛰는 게 당연했다.

저 용맹한 자태는, 저 거대한 몸은, 소녀에게 있어 무적의 상징인 것이다.

아무리 인간의 무기가 고성능임을 알아도…….

소녀는 단 한 번도, 백은룡이 지는 모습을 본 적이 없다.

전투기가 도망쳤다.

용은 그것을 쫓아갔다.

해변으로 향하는 용을, 소녀는 쫓아갔다. 그녀가 할 수 있는 일은 지켜보는 것밖에 없었다.

……처음에는, 자신의 착각인 줄 알았다.

다친 것도 아닌데, 용의 비행 고도가 낮아지는 것처럼 보였다.

해변에 도착한 순간, 그것은 확신으로 변했다.

용의 날갯짓에서 힘이 빠지더니, 점점 고도가 낮아졌다. 대체 무슨 일이 일어난 건지, 소녀는 알 수 없었다. 용은 괴로운 것처럼 호흡이 거칠어지기 시작했다.

소녀와 용은, 자신들이 받은 첫 공격이 공습이라고 생각했다. 하지만 사실은 그렇지 않았다.

폭격 전에, 신전 주위에는 연기를 뿜는 통 같은 것이 무수히 투하됐다. 그것은 폭발을 일으키지 않으며 서서히 용을 덮치더니, 좀먹어 들어갔다.

소녀는 아까 맡았던 이상한 냄새의 정체를 눈치챘다.

용을 가장 먼저 공격한 것은 독가스였다.

승패는 싸우기 전부터 갈려 있었다. 용이 격추한 전투기조차도,

용을 해변으로 유인하려는 미끼였으니까.

용에게만 통하는 화합물. 그것이 몸의 신경을 점점 마비시켰다. 용은 해변에 도착하는 것과 동시에, 격렬한 소리를 내며 모래사장에 착륙했다.

용의 파란 눈은 바다를, 그리고 거기에 있는 적을 향했다.

해상 20킬로미터 정도 떨어진 곳에 떠 있는 함대. 수하 같은 조그마한 군함에 둘러싸여서, 기묘한 존재감을 뿜고 있는 전함이 주포로 용을 겨눴다.

주포가, 소녀의 눈에 익숙했다.

소녀는 깨달았다.

인간의 나라에서 지낸 4일은, 결코 악몽이 아니었음을.

그리고 이 섬에서 지낸 나날이야말로, 행복한 꿈에 불과했음을.

캐논포 발몽.

그 포신이, 땅에 엎드린 용을 겨눴다.

소녀는 용을 향해 달려갔다.

도움이 될 리가 없다. 그래도 달려갔다.

용을 향해, 오른손을 뻗었다.

그와 동시에, 섬광이 밤하늘을 찢었다.

그렇게 생각한 순간, 소녀의 몸은 허공을 가르고 있었다. 빛의 포격이 소녀의 오른쪽 가슴과 오른팔을 완전히 파괴한 것이다.

절대적인 위력이었다.

소녀가 자기 몸을 방패로 삼아 봤자, 의미는 없었을 것이다.

소녀의 몸이 모래사장에 내동댕이쳐졌다. 즉사하지 않은 건, 용의 피 덕분이다. 하지만 이제 움직일 수 없다.

소녀는 겨우겨우 고개를 움직여서, 용을 쳐다봤다.

용은 소녀와 마찬가지로, 아니, 그녀보다 더 심하게 다쳤다.

용의 몸 오른쪽 절반이 소멸됐다. 견고하던 비늘은 물엿처럼 녹았고, 찢겨나간 오른쪽 날개의 파편이 모래사장에 떨어져 있었다.

수은 같은 혈액이 폭포수처럼 흘러내리고 있었다.

백은룡은 죽었다.

파란 눈에는 아무런 감정이 없다.

뒤에 있는 초목이 불타고 있었다.

용이 죽음을 맞이하면서, 섬 전체가 순식간에 불길에 휩싸였다.

그 모습을 본 순간, 소녀의 몸 깊숙한 곳에서 검은 불똥이 파직파직 튀는 느낌이 들었다.

──이상하다.

이 참극을, 소녀는 머릿속으로 몇 번이나 떠올렸다. 그때마다 각오를 다졌다. 자신들은 영년왕국에서 맺어질 테니, 죽음은 기뻐해야 할 일이라고 이해했다.

그런데도.

용은 죽어가는 소녀를 보며, 눈물을 흘리고 있었다.

용은 신체 구조상 눈물을 흘릴 수 없다. 포격에 의해 상처 입은 안구에서 혈액이 흘러나오면서, 울고 있는 것처럼 보일 뿐이다.

──이런 모습은…….

소녀는 고개를 움직였다. 용을 죽인 전함을 쳐다봤다.

포대 근처에는 포수로 보이는 남자가 서 있었다. 평범한 인간이라

면 알아볼 수 없을 만큼 떨어져 있지만, 용의 피를 뒤집어쓴 소녀는 남자이 얼굴이 또렷하게 보였다.

검은 머리, 눈은 흰자가 넓은 삼백안(三白眼)인 군인이다. 아무런 감정도 드러내지 않으며 용과 자신을 쳐다보고 있다……고 처음에는 생각했다. 하지만 눈매가 험악한 남자가 쳐다보고 있는 건, 불타고 있는 에덴이었다.

남자가 입을 움직였다. 용의 피를 뒤집어쓴 소녀는 그 목소리를 들을 수 있었다.

"어이, 또인가. 왜 용이란 것들은…… 깨끗이 체념할 줄 모르는 거냐. 꼴사납게 발악하기는……. 우리가 원하는 건 열매인데……."

또 헛수고를 했다며 남자는 혀를 찼다.

화르륵.

소녀의 내면에서 피어오른 불꽃이, 업화(業火)로 변했다.

——헛수고?

저 남자가 지금, 헛수고라고 했나?

우리의 낙원을 불태우고, 평화를 어지럽히고, 사랑하는 자를 앗아갔으면서…….

헛수고, 라고?

온갖 부정적인 감정, 비애, 회한, 증오, 분노를 장작 삼아 활활 타오르는 불꽃.

(죽을 수 없어.)

소녀의 몸은, 옆에 있는 사체에서 흘러나오는 용의 피에 젖어 있었다.

(넘겨줄 수 없어.)

필요 없다면…….

모래사장을 가득 채우고 있는 은색 혈액을, 소녀는 마셨다. 한 방울도 넘겨주지 않겠다는 듯이, 열심히 혀로 핥아서 들이켰다.

어떻게든 살아남고 싶었다. 용의 피를 마시면, 이 치명상 또한 나을지도 모른다고 생각했다.

(저 남자를 죽일 수만 있다면…….)

소녀의 붉은 눈동자에, 복수의 불꽃이 맺혔다.

(저 남자를 죽일 수만 있다면, 아무것도 필요 없어.)

소녀는 열심히 사랑하는 자의 체액을 마셨지만, 그래도 시야가 어두워지는 것을 막을 수 없었다.

이윽고 의식이 어둠에 빠져들었다.

결국…….

소녀와 용은, 끝까지 서로를 이해하지 못했다.

강습양륙함 프레데군트.

다섯 척의 호위함을 거느리고, 백은룡을 죽인 전함의 이름이다.

함장은 시기베르트 지크프리트. 노벨란트 제국의 해군 장교다.

시기베르트는 드래곤 슬레이어로 유명한 일족인 지크프리트 가문의 당주다. 하지만 그 외모는 용을 죽인 영웅다워 보이지 않았다. 키가 크고 깡말랐으며, 삼백안인 눈 또한 험악했다. 목소리는 낮고 작을 뿐만 아니라 질척했다. 게다가, 매우 천천히 이야기했다. 목에는 루비 펜던트를 걸고 있었다.

시기베르트는 짜증스러운 눈길로, 불타고 있는 섬을 응시했다.

(또 에덴이 불타버렸군.)

용이 지키는 섬은 전부 에덴으로 불린다. 세계 곳곳의 바다에 존재하며, 전부 인류에게 있어 미지의 자원——신화에 나오는 지혜의 열매 등——이 잔뜩 있다……고 추정된다.

추정만 되는 건, 실제로 지혜의 열매를 손에 넣은 자가 없어서다.

상륙 작전을 결행하면…… 아니, 용을 죽이면 섬은 불타버리고 만다. 그렇다고 용을 죽이지 않고 섬을 점거하는 건 어렵다. 희생을 감수하며 용을 생포한 적도 있지만, 생포한 순간에 섬은 불길에 휩싸였다.

결과적으로 손에 넣는 건 '에덴의 재'로 불리는 찌꺼기뿐이다. 하지만 그것도 자원으로서는 가치가 있었다. 재가 됐는데도, 에덴의 피조물은 강한 에너지를 지녔다.

현재, 온 세상의 에덴은 재가 되고 있다.

원래라면 섬을 불태우지 않고 에덴을 점령할 방법을 찾아야겠지만, 그럴 수 없는 이유가 있다. 에덴의 재가 강한 에너지를 지닌 물질이기에, 세계 각국이 에덴을 공격하는 것이다.

시기베르트 준장이 속한 노벨란트 제국군은 에덴 공략 작전에 있어 다른 나라보다 유리하며, 동시에 결코 뒤처질 수 없다.

다른 나라보다 유리한 점은 시기베르트 준장, 바로 드래곤 슬레이어인 지크프리트를 보유하고 있다는 점이다. 근대 병기의 발달은 눈부시지만, 그래도 용을 죽이는 건 어렵다. 그렇기에 드래곤 슬레이어가 나서는 것이다. 시기베르트 지크프리트만이 다룰 수 있는 캐논포 발뭉은 그 어떤 용도 일격에 죽인다. 이것은 지크프리트의 핏줄만이 가능한 위업이기에, 다른 나라에서는 흉내 낼 수 없다.

뒤처질 수 없는 이유는 노벨란트 제국에서 보유한 자원이 궁핍해서다. 노벨란트는 에우로파 대륙의 강대국 중 하나지만, 그것은 드래곤 슬레이어의 힘으로 에덴의 자원을 독점하고 있어서다. 다른 나라가 에덴의 점령에 성공한 사례는 아직 적지만, 앞으로 늘어날 것이 틀림없다. 그러니 재라도 괜찮으니 다른 나라보다 먼저 에덴의 자원을 전부 회수하기로 한 것이다.

상륙정을 타고 에덴에 상륙한 육군이 열심히 소화 활동을 하고 있지만, 이번에도 재만 손에 넣을 것이다. '에덴의 열매는, 이유는 모르지만 속에서부터 타들어간다.' 라고 연구자가 말했다. 마치 인간의 손에 넘어가는 것을 신이 거절하듯이.

그러고 있을 때, 상륙정 한 척이 돌아왔다. 제1진이 재를 회수해서 돌아온 거라 생각한 시기베르트는 관심을 가지지 않았다.

하지만 잠시 후, 시기베르트의 친구가 다급한 발걸음으로 그를 찾아왔다.

"맙소사! 시기베르트! 말도 안 되는 걸 발견했어!"

요한 작스란 이름의 남자다. 허둥대고 있지만, 저래 봬도 지위는 육군 대령이다. 시기베르트가 계급은 높지만, 두 사람은 계급을 초월한 친구 사이다. 하지만 작전 중이니 상관인 자신에게 경칭을 쓰지 않으면 곤란하다. 부하도 보고 있으니까.

"진정해. 너, 올해로 마흔이잖아."

"그러는 너도 동갑이거든?! 하아, 정말! 잔말 말고 따라와! 빨리!

곧 죽을지도 모른다고! 그러면 아무리 너라도 분명 후회할 거야!"

작스 대령은 질질 끌듯이 시기베르트 준장을 상륙정의 격납고로 데려갔다.

강철로 된 바닥 위에는 소녀가 잠든 채 드러누워 있었다. 백은색 머리카락과 윤기 넘치는 광택을 띠고 있었다. 어른스러운 외모를 지닌 소녀다. 붉은색 드레스를 입고 있지만, 오른팔이 없다. 몸에서 피가 콸콸 흘러나오고 있었다.

"…… 이 아이가 뭐 어쨌다는 거지? 용을 감싼 바람에 다 죽어가는 여자잖아. 나도 봤어."

지크프리트 일족은 영웅의 피 덕분인지 초인적인 신체 능력을 지녔다. 용을 포격한 것은 20킬로미터 떨어진 곳이었지만, 그 거리에서도 무슨 일이 일어났는지 똑똑히 봤다.

에덴에 사람이 사는 일은 드물게 존재한다. 하지만 그들은 용과 함께 죽거나, 열매와 함께 불타버린다. 용과 함께 죽는 건 에덴에 흘러 들어간 인간, 자연 발화하는 건 에덴에서 태어난 인간이라고 연구자가 구별했다. 그 근거까지는 시기베르트도 모르지만.

이 소녀는 전자다.

"함께 죽게 해줘."

시기베르트가 그렇게 말하지 않더라도, 이 아이는 죽을 수밖에 없다. 팔만 없다면 몰라도, 포격에 의해 오른쪽 가슴까지 도려내졌다. 오른쪽 폐가 없으니, 목숨을 건지는 건 무리다.

"멍청한 자식! 이 아이의 왼쪽 손목을 봐!"

작스가 호통을 쳤다.

"뭐⋯⋯?"

가녀린 손목에는, 어느 귀족의 문양이 문신으로 새겨져 있었다.

백은룡이⋯⋯.

사랑하는 자가 눈앞에 있다.

나는 뛰어가서 끌어안았다. 딱딱한 비늘이 썩은 열매처럼 부드러웠다. 힘을 주자, 내 팔은 그의 육체 안으로 파고들었다.

머리 위에, 질척한 무언가가 떨어졌다.

용의 몸이 액체로 변했다. 흐물거리는 용의 머리가, 내 머리카락에 떨어졌다. 앞 머리카락 끝에서 흘러내린 그의 체액을 나는 혀로 핥았다.

그의 배에 얼굴을 묻었다.

깨물듯이, 먹듯이, 물어뜯듯이, 빨아먹듯이, 마시듯이, 핥듯이,

──입맞춤을 하듯이,

그에게 빨려 들어갔다. 그를 빨아들였다.

딱히 기분 나쁘지는 않았다. 아니, 솔직하게 말하자. 행복하기 그지없었다.

사랑하는 이의 의지를 무시하고, 유린하며, 하나가 되는 행위는.

상상을 초월할 정도로 편안하고.

무시무시할 정도로 행복했다.

제2장

손끝이 모포에 닿은 느낌이 나서, 소녀는 눈을 떴다.

노벨란트 제국의 국군 병원에 있는 침대 위였다.

시야가 흐릿했다. 의식도 또렷하지 않았다. 몸에는 힘이 들어가지 않았고, 꼼짝도 할 수 없었다.

소녀가 반쯤 뜬 눈을 깜빡이고 있다는 것을 눈치챈 건, 우연히 그 자리에 있던 간호사였다.

소녀가 깨어났다는 것을 안 간호사는 다급히 방을 뛰쳐나갔다.

간호사는 의사 세 명을 데리고 돌아왔다. 흰 가운을 걸친 그들은 움직이지 않는 소녀의 몸을 만지거나, 라이트로 비춰 보며 반응을 살폈다. 그런 행위도 15분 후에는 끝났다.

정신을 차리고, 한 시간가량 흘렀을까.

몸은 아직 움직이지 않지만, 의식은 또렷해졌다. 시야도 맑아지자, 크림 색깔의 천장에 그려진 문양이 또렷하게 보였다.

바로 그때, 군복을 걸친 남자가 방에 들어왔다.

검은 머리카락과 깡마른 몸, 그리고 삼백안을 지닌 남자였다.

가슴에서는 수많은 용을 죽였다는 증표인 먹색의 대(大) 발룽 훈장이 빛나고 있었다. 옷깃에 달린 계급장은 그 남자가 준장이라는 사실을 알려주고 있었다. 하지만 당시의 소녀는 그런 것을 알지 못했다.

남자의 눈동자는 수많은 어둠을 봐온 자 특유의 살벌한 어둠에 휩싸여 있었다. 홍채 또한 검다. 미간에 새겨진 깊은 주름 또한 그가 걸어온 인생이 평탄하지 않았다는 것을 알려주고 있었다.

남자는 소녀에게 말했다.

"오래간만이다. ……오래간만이라고 하더군."

인간의 말이다. 진성언어가 아니다.

하지만 소녀는 그 말의 의미를 이해할 수 있었다. 소녀가 오늘까지 써온 진성언어는, 온 세상 모든 언어의 기원이다. 진성언어를 이해한다는 건, 과거와 미래에 존재하는 온갖 언어를 알아들을 수 있다는 것을 의미한다. 남자가 쓴 언어는 노벨란트에서도 상류층만이 쓰는 격식 있는 말이지만, 소녀는 이해했다.

하지만 그 말을 이해한다고 해서, 의사소통을 취하려 할지와는 전혀 다른 문제다.

몸이 멋대로 움직였다.

방금까지 전혀 말을 듣지 않던 몸이, 뇌가 지령을 내리기도 전에 빠르게 움직였다.

용수철처럼 침대에서 뛰쳐나간 소녀는 삼백안 남자에게 덤벼들었다.

——이놈이, 용을 죽인 남자.

이 오른손으로——붕대에 감긴 오른손으로—— 남자의 면상을 뭉개버릴 생각이었다. 부상자로 보이지 않는 속도와 위력을 지닌 공격을 펼쳤다. 인간의 동체시력으로 볼 수 있는 영역을 벗어났다.

하지만 남자는 그 공격을 한 손으로 막아냈다.

뱀 같은 움직임으로 소녀의 팔을 휘감더니, 그대로 바닥에 쓰러뜨려 제압했다.

그러자, 소녀는 꼼짝도 할 수 없었다.

단순히 힘만 비교한다면, 소녀가 훨씬 강하다. 소녀는 용의 피를 뒤집어썼고, 에덴의 열매를 먹으며 살아왔다. 그 육체는 외모와 내면 전부 완벽에 가까웠다.

한편으로 남자는 깡말라서 병약해 보였으며, 그다지 힘이 강해 보이지 않았다.

그런데도 소녀는 이 남자의 상대가 되지 못했다.

"계집, 내 말을 무시하지 마라."

남자의 목소리는 무기질적이었다. 거역할 수 없는 박력을 지녔다.

"인사를 받으면 인사로 답해라. 네 부모는 그런 것도 가르쳐 주지 않은 거냐? 아, 가르쳐 주지 않았던가……."

소녀는 입을 다물더니, 남자의 말에 귀를 기울이기로 했다. 그럴 수밖에 없었다.

"그렇다면 자기소개를 하도록 할까…… 하지만…… 너는 나를 알고 있을지도 모르지."

소녀는 인간 세상에서의 기억이 거의 없다.

"나는 시기베르트 지크프리트. 용을 죽이는 귀족, 지크프리트 가문의 당주다."

그런데도, 어렴풋이 기억하는 게 있다.

예를 들자면, 저택 홀에 걸려 있던 초상화. 수많은 자식 중 한 명인 그녀는 한 번도 직접 본 적이 없는 당주.

아버지.

그 사람이 바로, 시기베르트 지크프리트다.

"표정을 보아하니, 기억하나 보군. ……으음, 브륀힐드."

브륀힐드 지크프리트.

그것이 소녀의 세 살 때까지의 이름이었다.

용의 딸이자 용의 피를 뒤집어쓴 소녀는, 용을 죽인 자의 피를 이어받은 후예였다.

"나는 브륀힐드가 아니야. 나에게는 이름이 없다."

용의 말이, 머릿속에 떠올랐다.

『나는 그대를, 그대라고 부르마.』라고 용이 말한 순간, 브륀힐드는 이름을 버리고 『그대』가 됐다.

"이야기를 계속하겠다, 브륀힐드."

하지만 그 순수한 마음을 짓밟듯이, 시기베르트는 말을 이었다.

"나는 너를 기억하지 못한다. 브륀힐드라는 딸이 있었다는 것도, 백은도 공격 작전을 끝낼 때까지 몰랐지."

"나는 지크프리트 같은 건 몰라."

시기베르트는 자신의 왼쪽 소매를 걷어 올렸다. 손목에는 문양이 문신으로 새겨져 있었다.

"이것과 같은 것이 네 왼쪽 손목에 있었다. 너는 지크프리트의 혈족이 틀림없어. 조회도 마쳤지. 13년 전 납치당한…… 내 딸이다."

더는 우길 수 없을 것 같았다.

"그래서 어쨌다는 거지? 설마 나한테 지크프리트 가문의 당주를 이어받으라는 건가?"

"그렇다."

농담하는 것처럼 들리지 않았다.

"걱정하지 마라. 피가 이어져 있기는 하지만, 나는 너에게 애정 같은 건 없다. 하지만, 주위에서 후계자를 정하라고 하도 성화라서 말이지."

시기베르트는 지긋지긋하다는 투로 그렇게 말했다.

"네가 이제까지 어떻게 살아왔을지는 짐작이 된다. 백은도에 들어가서, 용의 피를 뒤집어썼고…… 용에게 길러졌겠지."

가족 놀이였겠군. 시기베르트는 딱 잘라 말했다.

발끈한 브륀힐드는 반항하려 했지만, 시기베르트가 등 뒤에 올라탄 탓에 꼼짝도 할 수 없다. 고개를 돌려 그를 노려보며 "놀이가 아니야."라고 말하는 게 한계였다.

내려다보고 있는 시기베르트의 표정에는 복잡한 감정이 어렸다.

"작스 녀석은 대화로 풀라고 했지만…… 무리로군. 13년이나 떨어져 있었으니 말이야. 아니면 머리 색이 나와 정반대라 그런가?"

브륀힐드의 분노 따위, 전혀 아랑곳하지 않는 말투였다.

"왜……! 왜 움직일 수 없는 거지…….."

"뭐……?"

이를 악물며 몸을 움직이려 했지만, 꼼짝도 하지 않았다.

"그래. 가르쳐 주지. 너는 평생 나를 이길 수 없다. 복종할 수밖에…… 없다."

시기베르트는 브륀힐드의 오른팔에 감긴 붕대를 풀기 시작했다.

오싹, 하며 브륀힐드의 등골을 타고 차가운 무언가가 흘렀다.

섬에서의 마지막 기억을 떠올렸다.

브륀힐드는 몸으로 용을 감싸려다, 신체가 떨어져 나갔다. 오른쪽 가슴부터 오른팔까지를 잃고 말았다.

그런데…….

왜 자신한테는 오른팔이 있는 거지?

"용과 도마뱀은, 역시 닮았는걸."

용의 피를 뒤집어쓴 인간은 몸의 치유력이 강해진다. 하지만 잃어버린 육체를 재생시키는 건 도저히 무리다.

"이기지 못하는 건 내가 드래곤 슬레이어이고……."

스르륵, 하며 붕대가 바닥에 떨어졌다.

"네가, 용이라서다."

모습을 드러낸 오른손은, 눈부신 흰색 비늘에 감싸여 있었다.

"아, 아아아아아아아아아."

아니, 떨어져 나갔던 오른쪽 어깨 부분부터 용의 팔이 있었다.

"같이 있게 되어서 좋겠군."

"아니야! 아니야, 아니야, 아니야! 나는! 나는!"

"입가가 피범벅이 되어 있었으면서…… 무슨 소리를 하는 거냐."

그때, 용의 피를 마셨다.

이놈에게 줄 수 없다. 그는 나의 것이다. 그렇게 생각하며…….

마시고, 마시고, 마시고, 마셨다.

오른팔은 그 결과다.

"천박한 계집이로군."

머릿속이 시뻘게졌다.

"죽일 거야! 죽여 버리겠어……! 네가……!"

"나도 같은 심정이다. 너를 죽이고 싶지. 에덴에서 흘러든 인간 따위…… 내 눈에는 딸이 아니라 괴물로 보이거든. 하지만……."

시기베르트는 브륀힐드를 죽일 수 없다. 압력이 있는 것이다. 군과 연구기관은 브륀힐드는 불타지 않고 확보한 에덴의 피조물로 판단했다. 그녀를 군적에 올려서 신병을 보호하기로 이미 정해졌다.

"네놈이 용을 죽이지만 않았다면! 나는, 이런 수치를 받지 않아도 됐어!"

남자는 "참 갸륵한 마음씨로군." 하고 비웃었다.

고성을 들은 의사가 뛰어왔다. "진정제를 놓겠습니다." 라는 말이 들린 후, 왼팔에 바늘이 꽂히는 감각이 느껴졌다. 순식간에 의식이 멀어졌다.

시기베르트가 브륀힐드에게서 등을 돌리더니, 어딘가로 향했다.

"기억해……. 죽일 거야……. 네, 놈이…… 어디로 도망쳐도……. ……아버지의…… 원수…… 이 손, 으로……."

점점 몸에서 힘이 빠졌다.

시기베르트는 고개만 돌려서 쳐다보며 말했다.

"나를 죽이겠다는 건, 네 뜻 아니냐? 나는 네 아비가 그딴 걸 바라지 않을 거라고 생각하는데 말이지."

의식이 혼탁해지더니, 소리가 엄청난 기세로 멀어져갔다.

하지만……

──남을 위해서라고 시껄이시 마라.

의식이 멀어져가는 와중에도, 남자의 그 말이 똑똑히 들렸다.

입이 움직이지 않는다.

반박할 수가 없었다.

군홧발 소리가 점점 작아지더니, 이윽고 들리지 않았다.

시기베르트는 병원을 나섰다.

다음 에덴 공략 작전을 위해, 오늘 중으로 항구 도시에 갈 예정이었다.

하지만 병원 정원을 가로지르고 있을 때, 검은 머리 소년과 마주쳤다.

자신과 색깔이 같은 머리, 눈동자를 지닌…….

열일곱 살 소년.

그 이름은 시구르드 지크프리트. 시기베르트의 아들이다.

시기베르트는 아들 앞에서 멈췄다. 하지만 아무 말도 안 했다.

아니, 하지 못했다.

시기베르트는 타인과 대화를 잘 나누는 편이 아니었다. 누구든지 자기가 먼저 말을 거는 일이 별로 없다. 아들이 상대라도 마찬가지지만, 지금의 침묵은 타인을 상대할 때와는 다른 의미를 지니고 있었다.

죽은 어머니를 닮은 검은 눈이, 비난하듯 자신을 쳐다보고 있다.

무슨 말을 하면 좋을지 모르겠다. 차라리 용의 딸을 상대할 때가 더 편했다.

인내심이 바닥난 것처럼, 아들인 시구르드가 입을 열었다.

"브륀힐드를 만나러 갔다며?"

"그렇다."

반항기인 아들은, 자신에게 존댓말을 쓰지 않는다. 뭐, 그건 좋다.

"집에 들르지도 않고 항구로 향하는 거야?"

"그렇다."

작스는 말했다. 부모 자식 사이에는 눈에 보이지 않는 끈이 존재한다고.

그 말은 사실이라고 생각한다. 자신은 아들을 상대할 때, 어찌 된건지 평소보다 말을 잇기 어려웠다.

"군적에 올려서 보호한다지? 계급도 준다며?"

"그렇다."

"나한테는 그만큼 챙겨 주지 않았으면서……."

시구르드 또한 군에 속했다. 계급은 하사다. 나이에 걸맞지 않게 높은 계급이지만, 지크프리트 가문의 덕을 본 것은 아니다. 주위가 멋대로 지크프리트 가문을 의식해서 시구르드를 출세시킨 셈이기는 하지만, 적어도 편의를 봐 달라고 당주가 직접 손을 쓰지는 않았다.

시구르드는 이등병부터 시작해서 하사까지 올라왔다.

시구르드가 노력하고 있다는 건 알고 있다.

하지만…….

"군을 관둬라."

시기베르트의 말은 잔혹했다.

"용을 죽이는 건…… 네가 생각하는 것처럼 즐거운 일이 아니다."

시구르드는 시기베르트를 향해 한 걸음 내디뎠다. 멱살을 잡으려다 겨우 참은 것 같았다.

"실력을 증명하지 않으면…… 아버지는 나에게 드래곤 슬레이어를 물려주지 않을 거잖아!"

"네가 아무리 노력해도…… 드래곤 슬레이어를…… 발뭉을 물려줄 생각은 없다. 너에게는 말이지."

"너에게는?"

시구르드는 그 말의 의도를 민감하게 파악했다.

"설마 브륀힐드에게……?"

"가능성은 있지."

"이유가 뭐야? 13년이나 집에 없었던 애한테……."

시구르드는 분노한 나머지, 더는 말을 이을 수가 없는 것 같았다.

시기베르트는 무슨 말을 하면 좋을지 알 수 없었다. 그래서 아들을 내버려 둔 채 항구 도시로 향했다.

"나는, 군을 관두지 않을 거야!"

등 뒤에서, 아들의 목소리가 들려왔다.

"내가 그 자식보다 우수하다는걸, 증명하겠어! 그러면……!"

아들의 목소리가 들리지 않는 척하며, 아버지는 사라졌다.

요한 작스는 노벨란트 육군의 대령이다.

시기베르트 지크프리트와는 동기이자, 동갑이다. 하지만 나이를 제외한 다른 요소는 정반대였다.

시기베르트는 말수가 적고 흉흉한 남자이다. 합리주의자이며, 언제나 최단거리를 나아간다.

작스는 활기차고 말이 많다. 낙관주의자이며, 인생의 재미는 샛길에 있다고 생각한다.

그렇게 정반대인 두 사람이 가까운 사이인 점은 남들이 보기에 신기한 일이지만, 정반대이기에 서로에게서 본인에게 없는 부분을 찾아낸 것일지도 모른다.

합리주의자와 낙관주의자라서 출세 속도는 차이가 났지만, 작스는 개의치 않았다. 그는 계급 같은 딱딱한 것을 중시하는 인간이 아니다. 오히려 성가시게 느끼고 있었다.

그런 작스에게 친구인 시기베르트가 부탁을 했다.

드문 일은 아니다. 시기베르트와 작스는 서로 돕고 돕는 관계다. 자신이 어려워하는 분야의 일거리가 들어온다면, 순순히 친구에게 도움을 청한다. 이리저리 고민할 바에야, 그게 더 수월하다. 그 분야는 자신과 정반대인 친구의 전문 분야니까.

시기베르트가 작스에게 도움을 청하는 건, 보통 사교성이 필요한 분야의 일이다.

후진 육성, 유능하지만 문제가 있는 군인의 교정. 시기베르트는 폭력으로 해결하려고 한다. 폭력은 일시적으로 문제를 지연시킬 뿐, 근본적인 해결과는 거리가 멀었다.

그래서, 타인에게 호감을 얻는 데 능숙한 작스가 나설 차례인 거지만…….

"하아아아아아아아아아아아아아아~……."

병원으로 향하는 차량 안에서, 작스는 땅이 꺼지도록 한숨을 쉬었다. 운전사가 놀라서 백미러를 통해 작스를 쳐다봤다.

이번 문제아는, 격이 달랐다.

(용의 피를 뒤집어쓰고, 용의 딸로 자라고, 명문가인 드래곤 슬레이어 일족의 일원인 데다, 결정타는 열여섯 살 여자애……? 맙소사.)

작스는 머리카락을 쥐어뜯고 싶은 충동을 억눌렀다. 깔끔하게 세팅한 머리를 헝클어뜨릴 수는 없다. 여자애가 상대라면, 첫인상이 특히 중요하다. 슬슬 아저씨로 불릴 나이인 만큼, 작스는 청결함을 남들보다 훨씬 신경 썼다.

문제아의 이름은, 브륀힐드 지크프리트.

지난달의 백은도 공략작전에서 회수한 소녀다.

문제가 되는 요소는, 크게 네 가지라고 작스는 분석했다.

첫 번째는, 용의 피다.

닿으면 99퍼센트를 넘는 확률로 죽는 맹독인 것은 세간에도 잘 알려져 있다. 하지만 운 좋게 살아남을지라도 정신에 지장이 생길 우려가 있단 점은 군사 관계자와 의료 종사자, 학자, 연구자 이외에는 거의 알려지지 않았다.

작스가 보기에 그 소녀는 99프로, 정신에 문제가 있다.

그렇지 않다면, 용의 딸을 자처하지 않을 것이다. 이것이 두 번째 문제다. 대체 어떻게 된 것일까. 늑대에게 길러진 소녀 이야기를 들은 적이 있다. 특수한 상황에서라면, 인간이 아닌 존재의 딸을 자처하는 것도 엄연히 있을 수 있는 일일까……?

게다가…… 세 번째 문제는, 야만스럽게 자란 당사자가 명문 지크프리트 가문의 피를 이어받았다는 점이다. 세상에 맙소사.

둘도 없는 절친의 딸이다.

아무리 내가 절친이라고 해도, 의사소통이 불편하다고 해도, 자기 딸을 남에게 돌봐달라고 부탁할까?

자기 딸이잖아. 한 번쯤 제대로 대화해 보라고. 부모 자식 사이잖아. 그런 말로 바쁜 시기베르트를 수도에 머물게 했다. 브륀힐드가 깨어날 때까지.

그리고 브륀힐드가 깨어난 후, 시기베르트가 병문안을 가게 했다.

그때, 어떤 대화가 오갔는지는 모른다.

돌아온 시기베르트는 평소와 마찬가지로 음침한 목소리로 말했다. '나에게는 무리야. 그 애를 다룰 수도 없고, 다룰 마음도 안 들어. 확 살처분하고 싶더군.' 이라고.

이봐, 말이 너무 심하잖아. 13년 만에…… 아니, 지크프리트 가문의 사정을 생각하면 처음 대면하는 딸일지도 모르지만, 그래도 너는 아버지잖아? 아무리 그래도 살처분 소리는 하면 안 되지.

평소에는 온화한 작스도, 그때는 화내고 말았다. 고래고래 고함을 질렀고, 무심코 주먹을 내지를 뻔했다.

그래서 시기베르트는 브륀힐드를 작스에게 떠넘기기로 했다. '에덴에서 회수한 것도, 그 아이의 신변을 걱정한 것도 너지. 나보다 네가 훨씬 아버지 같군.' 하고서.

깔끔하게 정리한 수염을 쓰다듬으면서, 작스는 생각했다.

(맡기긴 뭘.)

요한 삭스는 시기베르트 시크프리트란 남자를 안다.

세간에서는 용을 죽이는 영웅으로 알려져 있다. 그것은 사실이다. 에덴 공략 작전은, 그가 없으면 성공할 수 없다.

하지만 시기베르트의 진짜 무기는 통찰력이라고, 삭스는 생각했다. 그의 삼백안은, 언제나 매사의 본질을 파악한다.

그는 군에서 가장 높은 자리까지 올라갈 것이다. 정답을 꿰뚫어 보는 통찰력을 무기로 삼아서.

"그래도 말이다……. 시기베르트."

삭스는 투덜댔다.

"이번 결단만큼은, 틀린 것 같은데 말이지……."

아무리 그 아이를 구조한 게 나라도. 아무리 내가 그 아이를 걱정하더라도.

아버지는 시기베르트, 너야.

나는 브륀힐드의 아버지가 아니라고.

차에서 내리고, 병원에 들어섰다.

브륀힐드 지크프리트가 입원한 개인 병실로 향하기 전, 거울 앞에서 몸을 살폈다. 상대가 용의 딸일지라도, 여자애란 사실에는 변함없다.

눈에 아슬아슬하게 닿지 않는 앞머리를 정성껏 손봤다. 이 정도면 아마도 괜찮으리라.

삭스는 젊은 시절에 미남이었다.

여자랑 노는 게 취미인, 나쁜 남자였다.

나이를 먹으면서 젊은 시절의 생기와 활력은 얼굴에서 사라졌지만, 그 대신 포용력이 감도는 인상이 됐다. 군 내부에도 그를 동경하는 여성이 많았다.

하지만 작스는 교제하는 여성이 없다.

한순간도 잊은 적이 없다.

천벌이 내린 건, 스물네 살 때의 겨울이다. 당시에 놀던 여자에게 칼로 찔려 긴급 후송된 후로, 여성들을 멀리해 왔다.

여자는, 무섭다.

몸단장의 최종 체크를 마친 후, "좋아." 하고 중얼거렸다. 마음을 단단히 먹은 것이다.

그런 한편으로…….

작스는 호주머니에 단검을 숨겼다.

만약 인간이 아니라 용의 딸이라면, 덤벼들지도 모른다. 시기베르트만큼 강하진 않더라도, 시기베르트보다 사람이 좋을지라도, 작스 또한 뛰어난 실력을 지닌 무인이다.

(뭐, 들은 이야기에 따르면 나는 상대가 안 될 것 같지만 말이지.)

단검은, 필요 없었다.

병실의 창문은 활짝 열려 있었다. 들어오는 바람에, 커튼이 물결치듯 흔들리고 있었다.

브륀힐드 지크프리트는 침대 위에서 상반신을 일으킨 자세였다. 백은색 머리는 햇살을 받아 붉게 물들어 있었다. 눈동자는 조용한 어둠 속에서 일렁이는 모닥불 같았다.

검은 불꽃이 인간의 형태로, 존재했다.

그것이, 직스가 브륀힐드 지크프리드를 보고 느낀 인상이었다. 그가 방에 찾아온 것을 눈치채고도, 브륀힐드는 전혀 개의치 않았다.

"그대가, 브륀힐드 지크프리트 맞지……?"

소녀가 반응했다. 하지만 그 타이밍은 브륀힐드 지크프리트라고 이름을 불렀을 때가 아니라, '그대'라고 불렀을 때였다.

"그렇게 부르지 마라. 인간."

자초지종은 모른다. 캐물을 생각도 없다. 호칭에 대한 구애나 집착은 주로 본인만이 아는 무언가가 원인이다. 그게 작스의 경험에서 우러난 법칙이다.

"그렇다면…… 뭐라고, 부르면 되려나?"

"너는 누구냐."

아차, 하고 생각했다. 남에게 이름을 묻기 전에, 우선 자기 이름을 밝히는 게 예의다.

작스는 눈을 살짝 내리깔면서 입가를 슬쩍 치켜올렸다. 그의 온화한 미소에는, 상대의 경계심을 누그러뜨리는 효과가 있다. 어디까지나 상대가 인간일 때는.

"실례했는걸. 나는 요한 작스. 노벨란트 육군 대령이야. 시기베르트와는 알고 지낸 지 꽤 오래됐지."

시기베르트의 이름을 언급해서, 반응을 살폈다. 공통되는 지인을 계기 삼아, 대화를 이어가 보려 했다. 그 작전은 성공한 것 같았다. 브륀힐드의 눈썹이 꿈틀거린 것이다.

"그 남자는, 어디 있지?"

말에 적의가 담겨 있다. 당연하다. 시기베르트가 용을 죽였으니까.

"바다 위려나? 나도 몰라."

다음 행선지를 그 자식에게 알려주지 말라고, 시기베르트 준장은 작스 대령에게 엄명을 내렸다.

소녀는 언짢은 듯이 진홍색 눈으로 작스를 응시하더니.

"거짓말이군."

마치 마음속을 들여다본 것처럼 단언했다.

"왜, 거짓말하는 거지?"

이럴 때의 반박이라면 익숙하다.

작스는 곤란하다는 듯이 난처한 미소를 지었다.

"거짓말이 아니야. 그 자식은 에덴을 공략하기 위해 전 세계의 바다를 누비고 있어. 같은 배를 탄 사람 말고는 어디 있는지 모를걸?"

이 섬뜩한 소녀는 눈을 가늘게 뜨고 한동안 작스를 보더니.

"그래."

체념한 투로 말한 후, 시선을 뗐다.

그리고 또 인형처럼 가만히 있는다.

"시기베르트한테서, 그…… 브륀힐드 양을 부탁받았어."

무심코 다른 호칭을 쓸 뻔했지만, 입 밖으로 내뱉지는 않았다.

더는 반응을 보이지 않았다. 그래서 일방적으로 말했다.

"시기베르트는 바빠서, 한동안은 수도에 돌아오지 않을 거야."

되도록 부드럽게 말해서 상대를 자극하지 않으려고 했다. 노벨란트 군 최강으로 불리는 남자, 시기베르트에게도 덤빈 소녀다.

"혹시 물어볼 건 없어? 자기 상황이라든가, 앞으로의 일이라든가, 군에 속하게 되는 것에 대해서라든가, 뭐든 좋아."

"아무래도 상관없다."

쌀쌀맞기 그지없었다.

"피를 뽑는 건 싫다거나, 오른팔의 비늘을 떼어내면 아프다거나, 아무튼 곤란한 점은 없어? 내가 의사에게 잘 말해줄 수도 있는데 말이야."

살아 있는 에덴의 열매인 브륀힐드.

생체 실험은 하지 않지만, 그 몸을 구성하는 온갖 물질의 수집 및 성분 해석이 매일 이뤄지고 있다. 브륀힐드의 상처가 거의 완치됐는데도 아직 퇴원하지 못하는 이유가 바로 그것이다. 신체 능력 및 지능 측정 테스트 등도 실시하는 것 같은데, 그쪽으로는 지나치게 비협조적이라고 한다. 느닷없이 인간에게 공격받고 살던 곳을 잃은 것이다. 협력하기 싫은 게 당연했다.

"검사든, 연구든…… 마음대로 해라. 내가 할 일은 하나뿐이다."

그 남자를 반드시 죽이겠다.

절친을 향한 살의를, 작스는 긍정하거나 부정하지 않았다.

"그 마음은, 아플 정도로 이해해. 가족이 죽었잖아. 죽여 버리고 싶어질 만도 하지. 하지만, 그렇게…… 적의를 대놓고 드러내는 건 현명한 짓이 아니야."

"현명한 짓이 아니라고……?"

"이 세상 전체가 네 적은 아니잖아. 지금의 네게 전부 적으로 보이는 것도 틀린 건 아니야. 하지만 서서히, 그렇지 않다는 걸 이해해졌으면 해."

브륀힐드를 실험동물로서 연구시설에 가두자고 제안한 사람이 있다.

하지만 그것에 반대하여 특유의 말솜씨를 최대한 발휘해 군에서 보호하도록 힘쓴 사람도 있다.

그 사람이 바로 작스다. 대놓고 같은 편이라 말할 생각은 없지만, 작스는 되도록 이 열여섯 살 소녀를 도와주고 싶었다.

자기 딸과 자꾸 겹쳐 보게 되니까.

"오늘은 이만 돌아가 볼게."

면회 시간은 짧았다.

시간을 들여, 이 아이의 벽을 서서히 녹이듯 무너뜨릴 생각이다.

현재, 소녀는 섬세한 상태인 것 같으니까…….

"다음에 또 보자."

작스의 병원 통근이 시작됐다.

병원에 드나들기 시작했지만, 처음에는 눈에 띄는 변화가 없었다.

작스가 말을 건네도, 무시하거나 짤막하게 대답할 뿐이었다.

──솔직히 말해, 으스스했다.

저 검붉은 눈으로, 그저 이쪽을 쳐다보고만 있었다. 지그시, 관찰하듯이…….

하지만 일주일쯤 지났을 때, 소녀가 작스에게 말을 건넸다.

존댓말을 써서 "생각이 조금 바뀌었어요."라고.

"일전에 나흘 동안, 바깥세상에서 머문 적이 있어요. 이 세상에는 용이 있을 곳이 없다고 인지했죠. 용의 딸인 제가 그런 세상에서 삶을 영위하려 한다면, 인간이 저에게 원하는 바를 묵묵히 수행할 수밖에 없을 거예요."

작스는 눈을 치켜떴다. 한동안 얼이 나간 표정을 지은 후……

"어려운 말을 쓰는구나……."

그런 감상이 입에서 흘러나왔다. 그것도 어쩔 수 없다. 용에게 길러진 인간이, 이렇게 어려운 단어와 존댓말을 구사할 거라고 누가 생각이나 했을까.

"에덴에서, 지혜를 얻었으니까요."

아직, 벽은 있다. 높고, 단단한 벽이다.

하지만, 미세하게나마 그 벽이 부드러워진 것이 작스는 기뻤다.

"당신이 말한 것처럼, 저는 이 세상 전체가 적으로 보여요. 하지만 당신은 다른 인간보다 저에게 호의적이며, 또한 제가 의지할 상대는 당신뿐이죠."

"작스."

소녀는 처음으로, 대령의 이름을 불렀다.

"의지해도 될까요?"라고 물었다.

"물론이야." 말고, 다른 대답은 준비하지 않았다.

브륀힐드는 "인간 세상, 특히 제가 속한 '군'에 관한 지식을 얻고 싶어요."라고 말했다.

 어째선지 글자를 읽을 수 있었기에, 책을 주기로 했다. 처음에는 아동용 책을 세 권 정도 가져다줬는데, 다음 날에는 다 읽었다.

 그리고 작스의 얼굴을 쳐다보며 이렇게 말했다.

 "작스, 다음에는 수준이 더 높은 책을 가져다주세요."

 다음에 가져다준 다섯 권의 입문서도, 겨우 하루 만에 다 읽었다.

 가져다주는 책은 점점 어려운 내용의 서적이 되어갔다.

 하지만 책의 난이도와 반비례하듯, 소녀의 말투는 부드러워졌다.

 작스와의 대화를 통해, 무언가를 배우고 있는 것 같았다.

 날이 갈수록, 소녀의 주위에는 책이 늘어났다. 국가의 역사와 정치 및 군사에 관한 책을 읽고 싶어 했기에, 부하에게 지시해서 그런 책을 이 병실로 옮겼다.

 소녀는 자신이 속하게 될 군에 관한 서적을 성실하게 읽었다.

 그 모습은 진지하고, 한결같았다.

 요즘 훈련생 중에는, 이렇게 진지한 사람이 없다. 젊은 시절의 작스보다 백 배는 노력가였다. 너무 몰입하고 있었기에, 병실에 발을 들이기 어려웠던 적도 몇 번이나 있었다.

 하지만 작스는 조금 걱정됐다.

 교본만 읽다간, 마음이 풍족해지지 않는다. 머리만 좋은 어린애로 자라고 만다.

 그렇게 생각해서, 교본 사이에 책 한 권을 끼워서 건넸다.

 늑대에게 길러진 소녀의 이야기가 적힌 책이다.

늑대 부모를 잃은 소녀는, 인간 세상에서 살게 된다. 늑대 소녀는 처음엔 힘들어하지만, 상냥한 이들을 접하며 점점 인간에게 익숙해지고, 마지막에는 인간과 함께 살아간다. 그런 행복한 결말을 맞이한다.

그 삶은 그녀와 비슷했다.

그런 결말이, 그녀의 미래에 있었으면 한다.

다음 날. 병실의 문에 달린 창문을 통해, 그 동화책을 읽고 있는 그녀를 우연히 봤다.

그 눈에서 눈물이 흘러나왔다.

그날만은 말을 걸지 않고 조용히 돌아갔다.

백은룡은 아름다운 마음을 지녔다고 들었다.

그런 용과 살았기에 그녀의 모습은 저리도 아름답고, 또한 순수한 것일까.

병원에 다니기 시작하고 2주가 흘렀을 때였다.

"브륀힐드라고 불러주세요."

소녀는 말했다. 그 무렵, 브륀힐드는 군에 관해서 상당히 많은 지식을 쌓았다.

"작스 대령님은, 대령이에요. 상급 장교죠. 제가 정식으로 군에 속하면 어떤 계급을 받게 될지 모르지만, 준장 이상일 리는 없겠죠. 부하가 될 저를 대령님이 어렵게 부르는 건 이상해요. 앞으로는 브륀힐드라고 불러주세요. 저도 '작스'가 아니라 대령님이라고 부르겠어요."

그리고 존댓말도 꼬박꼬박 쓰겠다고 했다.

"그래. 알았어."

소녀는 서서히 인간이 되고 있었다.

그것을 위해 인간 세상의 규칙에 순응하려고 한다. 요즘 들어서는 신체 능력 및 지능 측정 테스트에도 협조적이라고 한다.

그것은 기뻐할 일이지만, 존댓말을 쓰며 대령님이라고 부르게 된 점은 조금 아쉬웠다. 아주 조금이지만.

작스가 젊은 시절의 실수를 이야기해 줬을 때의 일이다.

소녀는 고개를 약간 숙이더니, 입가를 가리듯 손을 댔다.

입꼬리가 조금 올라가더니, 입술 사이로 "후후." 하고 기분 좋은 소리가 들려왔다.

처음으로, 소녀가 미소를 지었던 것이다.

동화책을 읽고 눈물을 흘리는 모습을 봤을 때부터, 알고는 있었지만……

이 아이는 마음을 지닌 어엿한 인간이다.

겉모습은 어른스럽고 머리는 좋지만, 그 안에 든 것은 자기 또래의…… 열여섯 살 소녀 같았다.

이런저런 이야기를 나누게 됐다.

"제 이야기가 실려 있어요."

그날, 브륀힐드는 침대 위에 신문 세 부가 펼쳐져 있었다.

「에덴에서 돌아온 소녀」, 「13년 전에 실종된 영애, 용의 섬에서 발견되다」, 「용을 죽이는 가문에서 용의 딸이 태어나다」 같은, 어처구니없는 헤드라인이 실려 있었다.

"대령님, 저란 존재는 세간에 알려져 있나요?"

"……. 그래. 유명인이야."

에덴에서 발견된 소녀에 관해서는 군 내부에서 함구령이 내려졌지만, 역시 사람의 입을 완전히 막을 수는 없다. 어디선가 정보가 흘러나갔고, 어디선가 기자가 그 정보의 냄새를 맡아서, 이런 기사가 신문에 실리게 된 것이다. 소녀를 이런 식으로 자극하고 싶지는 않았다.

"인간의 나라에는 차별이 존재한다고 들었어요."

소녀는 붕대가 감긴 오른팔을, 왼손으로 움켜잡았다. 그 오른팔은 용의 비늘로 뒤덮여 있었다.

"그런 일을 겪는다면, 저는 견뎌낼 자신이 없어요."

"걱정하지 마. 그 오른팔과 용에게 길러졌다는 건 세간에서 모르거든."

"하지만 헤드라인에 용의 딸이라고……."

"신문사가 과장해서 썼을 뿐이야. 우연히 사실과 일치한 거지. 믿는 사람은 거의 없어."

신문기자의 추궁을 받은 군이 공표한 사실은 '지크프리트 가문의 딸이 무인도에서 발견됐다' 는 것뿐이다.

"창밖을 내려다보니, 카메라를 들고 있는 사람이 때때로 보여요. 저 사람들이 기자인 거군요."

작스는 머리를 긁적였다.

"병원 부지의 출입을 금지하긴 했는데……."

"그런가요? 한밤중에 제 방에 온 기자도 있었어요."

"뭐……? 정말?"

"네. 우연히 간호사분이 이 앞을 지나친 덕분에, 도망치듯 돌아갔지만……."

브륀힐드는 침대를 감싼 새하얀 시트를 움켜쥐었다.

"조금 무서웠어요."

"경비를 강화해 보겠지만……. 이것만은, 어찌할 방법이 없을지도 몰라."

"대령님도, 이길 수 없는 게 있는 건가요."

"상급 장교도, 세간은 못 이겨. 미안하지만…… 조금만 참아 줬으면 해. 몇 달만 말이지."

"몇 달, 만인가요?"

"응. 이 나라 사람들은 쉽게 달아오르지만 쉽게 식거든. 몇 달 후에는 다른 누군가한테 관심을 돌리지 않을까 싶네."

"저 같은 사람이 과거에도 있었나요?"

"브륀힐드처럼 특이한 인간은 없었지만, 비슷하게 주목받은 사람이라면 얼마든지 있어. 나쁜 짓을 한 인간은 지면 위에서 믿기지 않을 정도로 공격받지. 하지만 다들 몇 달 후에는 잊혀. 안심해. 몇 달 후에는 조용한 생활을 보낼 수 있게 될 거야."

브륀힐드는 잠시 생각에 잠긴 후, 불쑥 "공격을……." 하고 중얼거렸다.

브륀힐드는 호기심에 찬 붉은 눈으로 대령을 쳐다보며 말했다.

"대령님. 오늘부터는 신문도 많이 보고 싶어요."

　서로 사적인 이야기도 나누게 됐다.
　연구자로부터 '에덴이 어떤 곳이었는지 알아내 줬으면 한다'는 말을 들었지만, 그런 것은 알 바가 아니다. 작스는 그녀한테서 들은 에덴 이야기를 다른 사람에게 하지 않았다. 그 이야기를 하는 건 심각한 배신이란 기분이 들었던 것이다.
　"인간의 나라에는 의미 모를 규칙이 많아요. 당혹스러워요."
　"에덴에는 어떤 규칙이 있었어?"
　"규칙은 없었어요. 에덴에서는 모든 생물이 친구이자 가족이죠. 아무도 심술을 부리거나 나쁜 짓을 하지 않으니까, 규칙이 필요 없었어요. 인간과 늑대가 맺어져도 되고, 여자가 여자를 좋아해도 문제없으며, 남자가 머리를 길러도 됐어요. 가족은 있지만, 가주는 없으니, 자기 삶은 자기가 정할 수 있었어요. 제복이 아니라, 자기가 마음에 드는 옷을 입어도 되고요. 신분에 걸맞지 않다는 이유로 벗어야 하는 일도 없어요."
　전부 인간의 나라에서는 있을 수 없는 일이라고 말한 브륀힐드는 쓴웃음을 머금었다.
　"참, 그래도 금기는 존재했어요."
　새하얗고 긴 속눈썹이 내려가며 눈을 내리깔자, 표정이 단숨에 어두워졌다.

　"딸이 아버지를 사랑하면 안 돼요."

작스의 심장이 옥죄어들었다.

"대령님, 그건 인간의 나라에서도 마찬가지인가요. 딸은 아버지를 사랑하면 안 되나요?"

깍지를 끼면서 몰래 심호흡을 한 후, 작스는 대답했다.

"그렇지 않아. 아빠와 딸은 가족인걸. 서로 사랑하는 게 무슨 문제가 있겠어?"

작스가 그렇게 답하자, 소녀의 표정이 환해졌다.

"그 점만은, 에덴보다 자유롭군요."

"그렇지. 딸에게 사랑받는 건 아버지로서 더할 나위 없는 행복이 아니려나. 여자애는 성장할수록, 아버지를 싫어하게 되는 경향이 있거든."

"대령님의 딸도, 그런가요?"

"어?"

작스의 시간이 멈췄다.

브륀힐드의 눈에 당혹스러운 기색이 드러났다.

"대령님의 말씀에서, 딸이 있는 느낌이 들어서……."

"그래. 맞아."

잠시 말문이 막혔다.

"딸이, 있었어. 하지만 나는…… 미움받아 마땅했지."

작스의 눈에 어린 빛에서, 무언가를 느낀 걸까.

브륀힐드는 더 물어보지 않았다.

한 달 정도 지났다. 작스는 거의 매일 병원을 찾았다.

"대령님은 한가하군요."

이제까지 들인 수고가 열매를 맺은 건지, 지금은 약간 따가운 농담도 주고받는 사이가 됐다. 조금이지만 마음을 열어 준 것일지도 모른다.

참고로 대령은 한가하지 않다.

지금도 일하는 중이다. 브륀힐드를 돌봐주는 것은 준장이 정식으로 내린 명령이다. 직무 수행 중이다.

"아무도 병문안을 오지 않는다면 쓸쓸하지 않겠어? 게다가 오늘은 브륀힐드가 드디어 퇴원하는 날이잖아. 데리러 온 거야."

브륀힐드의 체액 수집이 필요한 연구는 어제부로 전부 끝났다. 이제부터는 샘플을 이용해 성분 조사를 하거나 실험동물에 투여해서 경과를 관찰한다고 하기에, 브륀힐드가 계속 입원해 있을 필요는 없다.

"퇴원한다는 건, 저도 오늘부터 정식으로 군에 속하는 거군요."

브륀힐드는 침대에서 나오더니, 차렷 자세를 취했다.

작스는 그렇게 긴장할 필요 없다고 말하려다 관뒀다.

그리고 "어험." 하고 헛기침한 후, 일부러 엄숙한 표정을 지었다.

"우선 임명서부터……."

그렇게 말하면서, 양피지를 가방에서 꺼냈다. 제조 기술이 발달된 현대에도, 공식 문서에는 고급 양피지가 쓰이고 있다.

"바로 장교가 되는 건가. 내가 손을 쓰기는 했지만, 진짜로 받아들여질 줄은 몰랐는걸……. 역시 지크프리트 가문의 영향력은 놀라워."

작스는 양피지를 브륀힐드에게 건네줬다. 브륀힐드도 기재된 내용을 보고 놀란 것 같았다.

그것도 그럴 것이 브륀힐드를 육군 소위로 임명한다고 적혀 있었으니까.

최하급이라고는 해도 소녀를 대뜸 장교로 임명한 것은 다양한 어른의 의도가 복잡하게 뒤얽힌 결과다.

에덴 연구기관은 아직도 브륀힐드를 실험동물로 다뤄야 마땅하다고 주장한다. 생체실험을 거듭하고, 마지막에는 해부해서 표본으로 삼자고 하는 말도 안 되는 놈들이다. 슬프게도 브륀힐드의 아버지인 시기베르트도 처음에는 그 의견에 동의했다.

한편, 브륀힐드를 인간으로 여겨야 마땅하다는 그룹도 있다. 백은도 공략작전에서 그녀를 본 대부분의 군인이 여기에 속한다. 오른팔을 잃은 그 안타까운 모습을 보고도 '실험동물'로 삼자고 여기는 녀석은 사람도 아닐 것이다. 혈액과 세포 및 점막 수집과 연구는 지속해야겠지만, 그 후로는 경과 관찰을 겸해 군에서 보호 및 운용하자는 것이 작스 측의 주장이다. 브륀힐드의 뛰어난 지능과 신체 능력은 다양한 테스트를 통해 증명되었으며, 해부해서 죽여 버리기에는 아까웠다.

두 파벌은 팽팽하게 대립했지만, 은밀히 시기베르트를 설득한 작스는 지크프리트 가문이라는 뒷배를 손에 넣었다. 장교라는 사회적 지위를 주면서 브륀힐드의 존재를 대외적으로 드러내, 비인도적인 실험으로부터 지키자는 것이 작스의 속셈이었다.

그것이 이뤄지면서, 소녀는 소위가 됐다.

하지만 당연히 그 지위에는 힘이 없었다.

작스는 굳은 목소리로 말했다.

"말하긴 뭐하지만, 그 지위는 장식에 지나지 않아."

이 말만은 꼭 해야만 한다. 소위란 지위가, 본인이 원치 않게 손에 넣은 것일지라도.

소위에 걸맞은 실력과 열의를 지녔지만, 소위가 되지 못한 군인이 이 나라에는 잔뜩 있다. 아니, 대부분이 그러하다. 작스의 부하 중에도 많다. 그들의 노력을 생각하면, '장식'이라는 사실은 밝혀야만 한다.

아무리 명문가 출신에 특수한 과거를 지녔을지라도, 대뜸 장교로 임명된 것은 다른 군인에 대한 모독이라고 할 수 있다.

"브륀힐드. 장교라면 그에 걸맞게 행동해야만 해. 그 점만은 절대로 잊지 마."

브륀힐드는 "알겠습니다."라고 말하며 경례했다.

"그렇다면 상관인 내가 첫 임무를 하달하지. 두 달 후, 소위는 환경단체 〈티폰〉 측에 모종의 설명을 하도록."

"설명, 입니까? 군인이라면, 보통은 전투가 임무 아닌지요?"

"그럴 수 있다면 우리도 편하겠지만……."이라고 말한 작스는 콧등을 긁적였다.

이 일에도 어른의 꿍꿍이가 복잡하게 뒤얽혀 있다.

소위라는 지위는 브륀힐드를 비인도적인 실험에서 지켜준다. 그렇다면 그 지위에서 끌어내리면 된다는 것이 연구기관 측의 생각 같았다. 그래서 짠 계략이, 브륀힐드와 환경단체 티폰의 충돌이다.

티폰은 환경단체를 자처하고 있지만, 그 실태는 용을 신의 사도로 숭배히는 광신적 종교 단체다.

'선행을 쌓은 인간의 영혼은, 사후에 신의 사도인 용의 인도로 영년왕국이라 불리는 낙원으로 인도된다'는 구시대적인 생각이, 이 단체의 교리다.

티폰은 예전부터 에덴 연구기관 및 군과 충돌해 왔다. 에덴 공략 작전과 용을 죽이는 것에도, 극도로 부정적인 태도를 보였다.

그런 상황에서 여러 신문을 통해 '용의 딸'이라는 존재가 보도됐다.

티폰이 입 다물고 있을 리가 없다. 그들에게 용은 신의 사도이기에, 인간 따위가 그 딸을 자처하는 것을 용납할 리가 없다. 그들은 연구기관과 군에 격렬히 항의했다.

세나가 ㄱ '용의 딸'이 군에 속하게 된다는 정보까지 유출되고 말았다. 누가 유출한 건지는 바보라도 짐작할 수 있지만…….

연구기관은 군에게, 책임을 지고 티폰 측에 설명할 것을 요구했다. 어째서 소녀가 군에 속하게 된 건지, 그리고 브륀힐드가 용의 딸이 아니라는 것을 본인의 입으로 설명하게 하라고 주장한 것이다.

군 측에서는 브륀힐드를 소위로 만들기 위해 여러모로 무리했기에, 이 요구를 거부할 힘은 남아있지 않았다.

결국 브륀힐드 소위의 첫 임무는 '광신적 종교 단체에, 자기가 용의 딸이 아니라는 것을 증명한다'고 하는, 웬만한 군사작전보다 난이도가 높은 임무가 되고 말았다.

티폰의 과격한 태도를 본 소녀가 겁을 먹고 군을 관두거나, 혹은

'적절하게 설명하지 못했다'는 명목으로 소위 자리에서 브륀힐드를 끌어내리는 것이 연구기관이 그린 시나리오다.

그 사실을, 대령은 소위에게 일부러 전달하지 않았다.

설명회는 두 달 후로 잡혀 있다. 그동안 소녀에게 부담을 줄 수는 없다.

"안심해. 브륀힐드는 설명만 하면 되거든. 느긋하게 생각해. 현장 연습도 할 거야."

"알겠습니다. 저 또한, 티폰이라는 단체를 공부해 두겠습니다."

"너무 부담을 느낄 필요는 없어. 알았지?"

입원 기간에 소녀가 보인 진지한 태도를 떠올렸다.

열심히 공부한 후에 최선을 다해 설명했지만, 상대방은 말이 통하지 않는 광신도였다는 결말을 맞이한다면…… 그 순간, 그녀가 받을 충격은 상상을 초월한다.

하지만 이것이 첫걸음이다. 어떻게든 극복해 주길 바란다.

이 한 달 동안, 브륀힐드는 소소한 대화를 나누는 와중에 때때로 얼굴에 미소를 띠었다. 다른 인간 앞에서도, 그런 식으로 웃을 수 있게 되었으면 한다.

브륀힐드가 인간답게, 평범하게 웃을 수 있는 날이 왔으면 한다. 그것이 작스의 진심 어린 소망이었다.

퇴원한 브륀힐드는 병원에서 저택으로 거처를 옮겼다. 지크프리트 일족이 사는 저택이다. 그녀의 퇴원일은 본인을 포함해 일부 인간에게만 알려졌다. 언론 대책이다. 그 덕분인지, 브륀힐드는 기자에게 질문 공세를 받는 일 없이, 조용히 차량에 탈 수 있었다.

지크프리트 가문의 저택은 수도 한복판에 있으며, 넓은 장미 정원과 전투 훈련장을 보유했다.

커다란 문 앞에서, 수많은 하인이 줄지어 브륀힐드를 맞이했다.

"아……."

브륀힐드는 당황한 표정으로, 동행한 작스와 하인들을 번갈아 쳐다봤다.

그 훈훈한 모습을 본 작스는 입가에 미소를 머금었다.

"하긴, 놀라울 거야. 무인도에서 살아온 너한테, 이렇게 많은 하인이 생겼으니 말이지."

그녀에게는 이런 어린애 같은 면이 있는 것이다.

"어쩌면 좋을까요……."

"가슴을 펴. 여기는 브륀힐드의 집이잖아."

작스는 가볍게 등을 두드려 줬다. 그러자 브륀힐드는 약간 휘청거리며 앞으로 나섰다.

"나는 여기까지야. 뒷일은 이 집 사람들에게 맡기지."

브륀힐드는 작스를 돌아보고,

"대령님, 정말 신세 많이 졌습니다."

머리를 숙여 말했다.

정말 좋은 아이다. 좋은 아이가 됐구나. 작스는 그렇게 여겼다.

"저기, 대령님, 마지막으로 뭐 하나 여쭤도 될까요?"

"그래. 뭔데?"

"시기베르트 준장님이 현재 어디 계시는지, 아직도 가르쳐 주실 수 없나요?"

브륀힐드는 처음 만났을 때 보인 무례를 사과하고 싶다고 말했다.

작스는 망설였다.

처음 만났을 때도, 이 아이는 같은 질문을 했다.

시기베르트를 죽일 거라면서. 그래서 가르쳐 줄 수 없었다.

하지만, 지금이라면…… 괜찮을지도 모른다. 이 한 달 동안, 태도가 부드러워졌다. 사과하고 싶다는 말 또한, 거짓말처럼 들리지 않았다.

하지만…….

"그 자식은 옛날부터 방랑벽이 있거든. 나한테도 어디 있는지 가르쳐 주지 않아."

그렇게 웃으며 얼버무렸다.

이 아이를 믿지 못하는 건 아니다.

그저, 자신은 친구와 약속했다. 자신이 어디 있는지는 브륀힐드에게 절대로 가르쳐 주지 말라는 말을 들었다.

(그 자식은 나 말고 친구가 없으니까 말이지……. 배신하면 미안할 것 같아.)

브륀힐드가 좋은 아이가 됐다고 해서, 약속을 깰 수는 없다.

"그런가요."

브륀힐드는 귀여운 미소를 머금었다.

"혹시 연락이 닿으면, 저한테도 가르쳐 주시면 좋겠어요."

브륀힐드가 고개를 숙이며 그렇게 말했다.

"그래. 꼭 연락할게."

작스는 그렇게 말하면서 저택을 벗어났다.

노벨란트 제국군 장교는 나태하다.

야행성 인간이 많다. 아침에 몇 시에 일어나도 괜찮은 것이다.

취미를 즐기는 자가 많다. 직무 시간에 그림을 그리거나, 시를 짓는다.

민간인에서 군인이 된 자는 아침 일찍 일어나 엄격한 규율에 따르며 자기 단련에 힘쓴다. 하지만 장교는 그 시간에 과자나 집어 먹으며 보낸다. 불룩 튀어나온 배를 쓰다듬으면서.

누구도 그런 그들을 비난하지 않았다.

장교는 귀족 출신이다. 귀족에게 불평할 수 있는 건 왕족이나 대주교 혹은 같은 귀족뿐이지만, 그들은 그런 짓을 하지 않는다. 자신의 이권과 현재 상황의 유지만이 그들의 지상과제다.

시기베르트 지크프리트와 요한 작스처럼 직무에 충실한 소수의 장교에 의해, 노벨란트라는 나라는 굴러가고 있다.

지크프리트 가문의 하인들은 브륀힐드 또한 그렇게 한가하게 생활할 줄 알았다. 그녀에게 주어진 소위란 계급은, 일시적인 일자리에 지나지 않을 것이라고 여겼다.

브륀힐드 지크프리트는 마치 유리 같았다.

머리카락은 맑고 고왔다. 피부는 새하얗고, 손은 작으며, 손가락은 가늘다. 손만 대면 깨져 버릴 것 같다.

그런 외모를 지닌 그녀가, 격렬한 훈련에 힘쓸 거라고는 아무도 생각하지 못했다.

아침 일찍 일어나서 스스로 설정한 규율에 따라 집요할 정도로 자기 육체를 학대했고, 탐욕적으로 지식을 흡수했으며, 일찍 잠자리에 들었다.

붙임성이 좋고, 태도가 온화했다. 무인도에서 자랐다는 게 믿기지 않을 만큼, 배려심이 넘쳤다. 하인들과의 거리도 가까운 데다, 그들에 대한 경의를 잊지 않았다. 그래서 하인들도 브륀힐드의 부탁이라면 최대한 들어주고 싶어 했다.

하지만 그들은 그녀의 소망을 이뤄줄 수 없었다.

브륀힐드가 하인에게 바라는 건, 딱 하나뿐이었다.

"아버님이 현재 어디 계시는지, 가르쳐 주시지 않겠어요?"

마음 같아서는, 답해 주고 싶었다. 하지만, 그럴 수 없었다. 요즘 들어 당주인 시기베르트는 누구에게도 자기가 어디로 원정을 가는지 알려주지 않았던 것이다.

눈처럼 새하얀 외모에서, 붉은 눈동자만이 열기를 머금고 있었다.

저택에는 지크프리트 가문의 친인척인 군인이 몇 명 있지만, 다들 브륀힐드만큼 근면하지는 않았다.

한 사람, 시기베르트의 아들인 시구르드 지크프리트를 제외하고.

자기 단련의 혹독함만 본다면, 시구르드가 브륀힐드보다 더 엄격했다.

브륀힐드는 밤이 되면 일찍 잠자리에 들지만, 시구르드는 수면 시간도 아껴가며 단련에 힘썼다.

시구르드는 열일곱 살의 하사다. 아버지에게 인정받고자 말단 병사로 시작해서, 3년 만에 하사까지 올라왔다.

하지만 브륀힐드는 대뜸 소위가 됐다. 그것도 열여섯 살. 게다가 여자인데도.

이게 말이 돼? 아버지는 왜 이딴 애를 자기보다…….

시구르드가 분노에 사로잡히는 게 당연했다.

하지만 브륀힐드가 소위라는 지위를 장식처럼 여기는 얼간이였다면, 시구르드는 그녀를 받아들였을 것이다. 언젠가 자기가 넘어설 상대라 여기며, 신경조차 쓰지 않았을 게 틀림없다.

하지만 브륀힐드는 근면할 뿐만 아니라 재능도 지닌 것 같았다.

"소위님."

어느 날, 시구르드는 브륀힐드에게 말을 건넸다. 브륀힐드가 전담 교관에게 오전 강의를 듣고 방을 나서려 할 때를, 시구르드는 일부러 노렸다.

"시구르드 하사."

백금 같은 머리카락을 흩날리며, 소녀는 시구르드를 쳐다봤다.

"오호라, 하사 따위의 이름을 기억하고 계십니까. 이것 참 영광이군요."

"부사관 이상인 분들의 이름은 전부 기억하고 있습니다."

부사관.

이 나라에서 하사는 부사관 중에서 가장 낮은 계급이다. 즉, 브륀 힐드에게 있어 시구르드는 겨우겨우 기억할 가치가 있는 존재다. 자기보다 계급이 낮은 시구르드에게 존댓말을 쓰는 것도 빈정거리는 느낌이었다. 스스로도 괜한 트집을 잡는 거라고 생각하지만, 감정을 속일 수는 없다.

나는 이 아이가 마음에 들지 않는다.

브륀힐드의 가녀린 몸은, 새로 맞춘 붉은 군복에 감싸여 있었다.

"소위님께 시간이 있으시다면, 저에게 군대 격투술을 지도해 주시지 않겠습니까?"

"군대 격투술? 어째서죠?"

군대 격투술 지도를 빙자해, 브륀힐드를 두들겨 패 주고 싶다는 것이 시구르드의 본심이다.

"소위님은 국군 병원에서의 신체 능력 테스트, 특히 격투술 항목에서 매우 뛰어난 기록을 남긴 것으로 알고 있습니다. 재능이 부족한 저에게 한 수 가르쳐 주시지 않겠습니까?"

시구르드의 재능이 부족하다는 말은 납득하기 어려웠다.

그는 성격이 드세고 거친 성격을 지녔지만, 학력과 격투술 둘 다 동기인 군인 사이에서 가장 뛰어난 성적을 내고 있다.

"저의 체술은 일반적인 군대 격투술과는 다릅니다. 도움이 될지 모르겠습니다만, 그래도 괜찮다면⋯⋯."

소위의 오후 일정은 강의와 임무인 설명회 준비로 알고 있다. 그러니 저녁때인 6시에 훈련장에서 모이기로 했다.

석양이 드리워진 전투훈련장. 천장은 뚫려 있다. 콜로세움을 연상케 하는 이 넓은 공간의 한가운데에, 시구르드는 홀로 서 있었다. 그는 약속 시간보다 30분가량 일찍 훈련장에 왔다.

시구르드는 훈련용인 기능성이 뛰어난 옷으로 갈아입었다. 곳곳이 흙먼지로 더러워져 있었다. 뾰족한 검은 머리카락에는 땀방울이 맺혀 있었다.

몸풀기는 끝났다. 몸 상태는 꽤 좋다. 마음의 상태 또한 완벽하다. 그 새치름한 면상에 주먹을 꽂아 줄 수 있다고 생각만 해도, 마음이 달아올랐다. 최고의 퍼포먼스를 발휘할 수 있을 것 같다.

약속한 시각이 되자, 브륀힐드 소위가 나타났다.

낮에 봤을 때와 마찬가지로, 새로 맞춘 군복을 입고 있었다.

딱히 나쁠 건 없다. 군복도 기능성은 뛰어나니까, 군복을 입고 오더라도 이상할 건 없다. 하지만, 옆구리에 『환경단체 티폰의 역사』란 책을 끼고 있는 게 어처구니없었다.

이제 알겠다. 나는 이 자식이 하는 짓이 하나부터 열까지 전부 마음에 안 든다.

(이 자식을 쓰러뜨리지 못하면, 나는 영원히 아버지에게 인정받을 수 없어.)

아무 말 없이 자세를 취했다.

그것이 훈련, 아니, 신참 갈구기의 시작을 알리는 신호였다.

"그렇다면……."

소녀가 그렇게 말한 직후…….

어찌 된 건지, 시구르드는 하늘을 올려다보고 있었다.

(어? 뭐야?)

뒤통수가 얼얼했다.

(무슨 일이 벌어졌던 거지?)

브륀힐드 소위가, 옆에서 책을 읽고 있었다. 그 붉은 눈이 시구르드를 향했다.

"기절했었어요."

"뭐……?"

무슨 소리를 하는 걸까.

"조르기였죠. 목의 굵은 혈관을 압박했습니다. 뇌에 산소가 전달되지 않게 해서, 순식간에 기절시켰어요."

…….

그렇다면, 뭐야……?

내가, 졌다는 건가?

아무것도 못 한 채, 무슨 짓을 당한 건지도 모른 채…….

이 여자에게, 당한 건가?

"이, 이럴 리가 없어!"

시구르드는 벌떡 일어섰다.

"한 번 더 붙어! 한 번 더 나와 싸워! 아깐 운이 없었을 뿐이라고!"

머리끝까지 피가 솟구쳤다. 그래서 상관을 향해 존댓말을 쓰는 것도 잊고 말았다. 브륀힐드는 그런 것을 신경 쓰는 인간이 아니지만…….

"오늘은 그만하죠."

"뭐? 도망치는 거냐?"

"아뇨. 잠자리에 들기 전에 격렬한 운동을 하면 잠을 깊이 들지 못해서 곤란해요."

그러고 보니, 붉은색이었던 저녁 하늘은 어느새 별이 빛나는 밤하늘로 변해 있었다.

"저는…… 얼마나, 뻗어 있었던…… 겁니까?"

밤의 한기를 느껴서 그런지, 머릿속이 아주 약간 식었다.

"한 시간 정도예요. 지금은 오후 7시가 조금 지났죠. 격투술 훈련이 필요하다면 내일 같은 시간에, 다시 여기서 봐요."

브륀힐드는 책을 덮더니, 훈련장을 나섰다. 붉은 군복의 등에는 먼지 하나 묻어 있지 않았다.

"빌어먹을……!"

내일은 반드시, 저 자식의 군복을 흙투성이로 만들어 주겠다.

그날, 밤늦게까지 자기 육체를 혹사시키고 또 혹사시킨 시구르드는 침대에서 기절하듯 잠들었다.

하지만 다음 날에도 시구르드는 이기지 못했다.

기절하기 전에 브륀힐드가 마치 키스라도 하려는 것처럼 코앞까지 다가오는 모습이 보인 것은, 어쩌면 성장이라고 할 수 있을지도 모른다.

다음 순간에는 눈앞의 광경이 밤하늘로 바뀌었고, 시간도 한 시간가량 흘렀다.

그런 시구르드의 옆에서는 브륀힐드가 태연히 책자를 읽고 있었다. 책자의 제목은 『티폰에 어서 오세요』. 위험한 환경단체가 발행

한 팸플릿이었다.

아아, 그렇다. 이 자식은 얼마 후에 티폰 상대로 설명회를 하기로 되어 있었다. 시구르드의 상대는 티폰에 대해 공부하며 겸사겸사 하고 있는 것 같았다.

"훈련이 더 필요하다면, 내일 하죠."

책자를 덮는 소리가 들리더니, 군복 차림인 소녀의 아름다운 뒷모습이 눈에 들어왔다.

반복 작업 같은 광경이 일곱 번 되풀이됐다.

여덟 번째 대련 때, 브륀힐드는 말했다.

"오늘로 훈련을 끝내도록 하죠. 저는 이것 말고도 꼭 해야만 하는 일이 있습니다."

시구르드는 대꾸하지 못했다.

일곱 번의 대련 동안…… 아니, 대련이라고 불러도 되기는 하는 걸까. 하사는 소위의 몸에 손을 대지도 못했다.

브륀힐드에게 있어서, 하사를 상대해 주는 것은 시간 낭비에 지나지 않았다.

"알겠습니다."

시구르드는 그렇게 말하며 자세를 잡았다.

그에 응하듯 브륀힐드도 자세를 잡았다. 오늘까지는 단 한 번도 자세를 잡은 적이 없었는데.

"마지막이니, 일반적인 군대 격투술로 상대해 드리죠."

──얕보는 거냐.

군내 격투술이라는 핸디캡을 사처한 것을, 후회하게 해주겠다.

브륀힐드가 다가오는 모습이 보였다. 이날은, 똑똑히 보였다.

머리로 생각하기도 전에, 시구르드는 움직였다. 상대가 다가온 만큼, 시구르드는 물러났다. 만약 공격하려고 들면 카운터를 날려 줄 작정이었지만, 브륀힐드는 그렇게 호락호락한 상대가 아니었다. 시구르드의 반격을 예상한 건지, 그녀 또한 물러났다.

흙먼지가 피어오르면서, 그녀의 군화가 더러워졌다.

다시 대치 상황이 벌어졌다.

이번에는 시구르드가 공격했다.

그 모습은, 그야말로 번개 같았다.

전광석화처럼 거리를 좁히면서 일격을 날렸다. 교관조차 쓰러뜨린 적이 있는 시구르드의 특기다. 인간의 신체 기능의 한계에 다가서는 움직임이다.

하지만 소녀는 달빛을 연상케 하는 매끄러운 움직임으로, 번개 같은 일격을 흘려보냈다. 하사의 주먹과 소위의 손바닥이 교차했다.

소녀의 오른손에서, 장갑이 벗겨졌다.

두 사람은 다시 서로를 노려봤다.

──오늘이야말로, 이길 수 있을지도 모른다.

체온이 상승하는 게 느껴졌다.

서로가 물러서지 않으며 공방전을 되풀이했다.

되풀이했다.

……되풀이했다.

그리고 시구르드는 눈치챘다.

이 여자…… 봐주고 있어.

처음에는 자는 시간도 아끼며 해온 자신의 노력이 열매를 맺었다고 생각했다. 자기가 낭비 없는 움직임을 보이고 있기에, 브륀힐드가 빈틈을 노리지 못하는 것이라고 여겼다.

하지만, 그렇지 않았다.

브륀힐드라면 충분히 노릴 수 있을 기회를 몇 번이나 흘려넘기자, 눈치챌 수밖에 없다.

(설마, 마지막이니 진짜로 내 훈련에 어울려 주려는 생각인 걸까.)

봐주고 있다. 군대 격투술로 상대해 주는 것만으로도 핸디캡일 텐데, 이렇게까지 봐줘서야…….

이제, 아무래도 상관없어졌다.

자세에서, 기합과 힘이 빠졌다.

브륀힐드는 순식간에 접근하더니, 오른손으로 목을 움켜쥐었다.

"그렇게, 다 빼앗아 가라고."

시구르드가 될 대로 되라는 투로 그렇게 중얼거리자, 브륀힐드는 움직임을 멈췄다. 시구르드의 목을 움켜잡는 것 이상의 행동을 취하지 않았다.

"빼앗아, 가라고요? 뭘 말이죠?"

"전부 다 말이야."

시구르드는 자조하듯 말했다.

"내가 누구인지 알아?"

"시구르드 하사, 로만 알고 있습니다만……."

"내 이름은 시구르드 지크프리트. 시기베르트 지크프리트의 한 명뿐인 아들이자, 네 오빠야."

브륀힐드는 의아해했다.

"아들……? 아들이 있는데, 왜 시기베르트 준장께서는 저에게 발뭉을 물려주겠다고……."

"나에게는 아무 기대도 하지 않는다는 거야."라고, 시구르드는 될 대로 되란 투로 내뱉듯이 말했다.

어렴풋이 눈치채고 있었다.

이등병으로 입대했을 때부터.

시기베르트는 말수가 적어서, 확신하지 못했을 뿐이다.

밑바닥에서부터, 기어 올라와라.

그런 의미라고 생각하고 싶었다.

하지만 네가 다 깨부쉈다.

어디선가 불쑥 나타난 네가, 갑자기 소위가 되었으니까…….

그 사람에게도 '특별한 존재'가 있다는 것을, 자신은 그 '특별한 존재'가 아니라는 것을 깨닫고 말았다고.

입 안이 시큼했다.

아무리 허세가 강해도, 아무리 노력했어도, 이제까지 겨우겨우 이어왔던 자신의 존재의의가 부서지면…….

울고 싶어질 것이다.

"왜, 우는 거죠?"

브륀힐드는 물었다.

"말 안 하면 모르는 거냐. 그렇다면, 말하지 않겠어."

아버지의 기대, 아버지의 총애, 아버지의 특별시, 아버지의······.

이 완전무결한 소녀는, 자신이 빼앗긴 게 얼마나 소중한지 모르는 걸지도 모른다.

하지만 브륀힐드의 대답은······.

"그건 알아요."

시구르드의 예상과 달랐다.

"내가 모르겠는 건, 왜 내가 아니라 네놈이 우는지."

말투가, 변했다.

(이 자식은, 대체 뭐야.)

저택에서 만났던 온실 속 화초 같던 여자, 유리 같던 소녀는 이 자리에 존재하지 않았다.

시구르드는 자기가 한 말이, 소녀의 역린을 건드렸다는 것을 눈치챘다.

손톱이 목에 파고들었다.

이것이 이 여자의 본성······.

"네 아버지가, 내 아버지를 죽였다. 그리고 원치도 않던 지위와 환경을 나에게 줬지."

──울고 싶은 건 나다.

목을 조르는 손에, 힘이 들어갔다. 또래 소녀의 완력이 아니다. 기도가 압박을 받으면서, 꼴사나운 소리를 내고 말았다.

"아들인 네놈을 죽이면, 그 남자는 슬퍼할까? 내가 느낀 절망을, 지금도 느끼고 있는 어두운 마음을, 그 남자에게 맛보여 줄 수 있을까? 어떻게 생각해······?"

이제까지 석류석처럼 아름답던 붉은 눈동자가, 지금은 지옥의 불꽃 같은 느낌으로 변했다.

"으……극……."

의식이 흐려지는 가운데, 시구르드는 어찌어찌 소리를 냈다.

"나보다…… 네……가……."

"내가? 뭐?"

"네가 죽으면…… 그 사람은…… 슬퍼할, 거야……."

브륀힐드의 눈동자가 아주 약간 커졌다. 활활 타오르던 불꽃이, 흔들리며 꺼졌다.

손에서 힘이 빠졌다.

시구르드는 헛기침을 토하면서, 브륀힐드의 오른손을 쳐냈다.

장갑이 벗겨진 오른손은, 백은색 비늘에 뒤덮여 있었다. 싸우던 와중에는 눈치 못 챘지만…….

"너…… 그 손……."

브륀힐드의 오른팔이 용의 팔이라는 건, 일부 고위 관료만 안다. 시구르드는 당연히 몰랐다.

방금 브륀힐드가 입에 담은 말이, 시구르드의 뇌리를 스쳤다.

'네 아버지가, 내 아버지를 죽였다'는 원한에 찬 말.

설마, 브륀힐드가 말한 아버지는…….

'나는 용의 딸이다'. 소녀는 그렇게 말했다고 한다.

철석같이…… 편안하게 살았을 줄로만 알았다. 아니, 그렇게 생각하고 싶었다. 자신은 브륀힐드를 미워하니까.

"아버지를…… 좋아, 하나?" 하고, 브륀힐드는 조심스레 물었다.

몇 분 전에 이 질문을 들었다면, 시구르드는 대답하지 않았겠지.

하지만 지금은……

"좋아하고, 존경해. 나도 아버지처럼 강한 드래곤 슬레이어가 되고 싶어."

"그딴 아비한테도, 사랑해 주는 자식이 있는 건가."

시기베르트 지크프리트의 캐논포 발뭉이, 백은룡을 해치웠다는 것은 시구르드도 알고 있다. 그래서 '그딴 아비'라는 말을 듣고도 아버지를 감싸지는 않았다.

"나도…… 아버지를 사랑한다."

이 아버지가 누구를 가리키는지는, 생각할 필요도 없다.

"나는…… 너에게 사과해야만 하겠지."

하지만 어째서 브륀힐드가 사과해야만 하는지는, 생각해 봐도 알 수 없었다.

"하지만 어떤 말을 고르면 좋을까. 인간의 말은, 불편해……"

그렇게 말한 후, 브륀힐드는 훈련장을 나섰다.

더러워진 군복을 봐도, 시구르드는 아무 감정을 느끼지 않았다.

분함도, 분노도, 질투도, 그의 내면에서 사라졌다.

그것은 완벽해 보이는 브륀힐드의 내면에 존재하는, 복잡한 고민을 느꼈기 때문일지도 모른다.

그녀 또한 자신과 마찬가지로 감정을 지닌 생물이라는 것을 알게 되자, 시구르드는 신기하게도 친근감이 생겼다.

다음 날 점심. 시구르드는 브륀힐드의 방에 갔다. 이 며칠 동안 계속 시비를 걸었던 깃을 사과하는 신물을 가지고서.

문에 노크했다. "들어오세요."라는 정숙한 목소리가 들려왔다.

브륀힐드는 점심을 먹기 위해, 흰색 탁자보가 깔린 원형 탁자 앞에 앉아 있었다. 옆에 있는 하녀가 마침 점심 식사 준비를 마친 것 같았다.

"소위님…… 며칠간의 무례를 사과하러……."

"무엇을 사과한다는 거죠?"

"그건……."

이 여자가 존댓말을 쓰니 불편했다. 마치 벽을 친 느낌이다.

어제…… 그녀의 원래 말투를 듣고 나니, 타인을 거절하는 듯한 느낌이 들었다.

브륀힐드는 하녀에게 눈짓을 보냈다. 하녀는 그 의도를 눈치채더니, 인사하고 방에서 나갔다.

"하녀가 있는 자리에선 말하기 어려울 것 같아서……."

"아뇨, 그렇지는……."

붉은 눈이, 자신을 향했다. 속을 들여다보는 것만 같아서……. 당황스러웠다.

"소위님은, 제 상관입니다. 제게 말을 높일 필요가 없습니다."

"그래, 말투에 문제가 있었나."

즉시 말투를 바꿨다. 머리 회전이 빠른 걸까. 아니면 여성 특유의 빠른 눈치를 발휘한 걸까.

"너도, 나한테 존댓말을 쓸 필요가 없어. 나는 네가 공경할 상대가 아니지."

"그럴 수는……"

"다른 사람은 이미 자리를 비우게 했다만?"

거만한 말투를 들으니, 짜증이 치솟았다. 하지만 기계적으로 존댓말을 쓸 때보다는 본심이 느껴지는 것 같아 그나마 나았다.

이 저택에 온 지 2주밖에 안 됐지만, 브륀힐드는 이곳 생활을 파악한 것 같았다. 태어났을 때부터 이 저택에서 살아온 것처럼 당당했다. 그러니 자신도 자꾸 주눅이 든 채로 있을 수는 없다.

"그렇다면, 호의에 따르겠어."

거칠게 브륀힐드의 탁자에 다가갔다. 소녀가 비어 있는 의자를 당겨서 앉을 것을 권하자, 시구르드는 순순히 그 자리에 앉았다.

시구르드가 브륀힐드에게 사과 선물을 건네려 했을 때의 일이다.

"이걸 먹어 주지 않겠어?"

"뭐?"

브륀힐드는 장갑을 낀 오른손으로, 탁자보 위에 놓인 다섯 종류의 요리를 가리켰다.

"내 입맛에 안 맞거든. 매일, 처리하느라 고역이다."

"입맛에 안 맞긴……. 우리 가문의 전문 요리사가 만든 거라고."

지크프리트 가문에서는 국내에서 평판이 높은 레스토랑에서도 특히나 우수한 인재를 고용해서 전문 요리사로 삼았다. 물론 미각은 사람마다 다르지만…… 탁자 위에 놓인 다섯 종류의 요리가 전부 입에 안 맞을 수 있을까.

"인간의 요리는 이해할 수 없다. 왜 가공하는 거지? 악취미군."

사과와 황도 젤리를, 브륀힐드는 붉은 눈으로 내려다봤다.

"섬에시는 열매를 그대로 믹있다."

"그렇다면 사과를 그냥 내오라고 하면 되지 않아?"

"그것도 별로다. 소재 자체의 질이 떨어지거든. 한 번 먹어 본 적이 있긴 한데, 마치 모래를 씹는 것 같았지."

백은도에서는 향기가 그윽한 열매가 열렸다. 그것을 먹으며 자란 브륀힐드에게, 인간 나라의 음식은 하나같이 입에 먹지 않았다.

"그렇다고 아무것도 안 먹었다간 쓰러질 거야."

"걱정 없다. 이 육체를 움직이는데 부족하지 않을 만큼의 열량은 보충하고 있지. 맛이 없는데도 말이야."

어째서 이 여자가 아버지의 '특별한 존재'인지, 조금은 알 것 같았다. 묘하게 현실적인 사고방식이 아버지와 흡사한 것 같았다.

"그런데, 그건 뭐지'?"

브륀힐드의 시선이 시구르드가 손에 쥔 봉투로 향했다. 귀여운 리본으로 포장되어 있었다.

"아, 그게, 이건……."

"추측해 보자면, 나에게 주는 사과 선물 같은걸."

"뭐, 그렇기는 한데……. 이건 못 줘."

"왜지?"

"먹을 것이거든."

안에 든 것은 쿠키였다.

귀부인 사이에서 인기 있는 과자 가게에서, 아침부터 줄을 서서 산 것이다. 물론 하인에게 시킬 수도 있지만, 반성하는 의미에서 직접 줄을 섰다. 여자들 사이에 서 있으려니 부끄러웠지만.

"다음에 다른 걸 준비하겠어. 그러니까……."

브륀힐드는 말을 끝까지 듣지도 않고 쿠키를 채갔다. 가녀린 손가락으로 포장을 거칠게 뜯더니, 안에서 쿠키 하나를 꺼냈다.

"그래. 확실히……."

벚꽃 빛깔 입술이 벌어졌다. 쿠키 가장자리를, 살짝 깨물었다.

조그마한 턱을 몇 번 움직여서 씹었다. 그리고 또 조금 깨물었다.

"입에 맞아?"

"아니, 별로다. 최악이군. 이건 먼지를 굳혀서 만든 것이냐."

그렇게 말하면서도, 또 씹었다.

"그렇다면 억지로 안 먹어도……."

"함부로 해도 되는 것과, 안 되는 것이 있다. 이건 후자지. 내가 먹고 있는 건, 이 쿠키를 사다 준 네 마음이다."

"부끄러운 소리를, 전혀 부끄러워하지 않으며 늘어놓네."

"에덴에서는 누구나 본심을 털어놨지. 에덴에서의 말투로는 거짓말을 할 수 없다. 인간의 나라는 기만으로 가득 차 있어서, 익숙해지느라 큰일이었어."

"이래서야 티폰 측에 설명회를 잘 마칠 수 있겠어?"

"티폰에 관해서는 열심히 공부 중이긴 한데, 아마 어찌어찌 될 거다. 거짓말하는 법을 작스에게 배웠거든."

브륀힐드는 쿠키를 하나 더 꺼냈다.

"거짓말하는 법을…… 작스에게……."

"음? 내 말에 무슨 문제라도 있는 것이냐?"

"너, 갑자기 너무 털어놓는 거 아니야?"

"나는 결심했다. 너에게는 거짓말하지 않고 목적을 달성하기로 말이다. 말하자면 이건 내 다짐이다."

시구르드는 그게 어떤 의미인지 물어보려 했지만, 그 전에 세 번째 쿠키를 꺼낸 브륀힐드가 말했다.

"너도 내 점심을 처리해라. 나만 이런 고역을 치르게 하지 마."

"나는 딱히 고역이 아닌데……."

그렇게 말한 시구르드는 탁자 위에 있는 식사를 먹기 시작했다. 어마어마하게 맛있었다.

맛없단 말을 늘어놓으며 쿠키를 계속 먹는 소녀를 쳐다보며, 시구르드는 생각했다.

이 여자는 아버지를 닮았다.

하지만 마음속 깊은 곳은 정반대일지도 모른다.

점심 식사를 마친 후, 시구르드는 자리에서 일어났다. 설명회 잘 치르라는 말을 남기고.

"또 점심을 처리하러 와 줬으면 한다."

방을 나서려 하는 시구르드에게, 브륀힐드가 말을 건넸다.

소년은 고개만 돌렸다. 시선이 마주치자, 소녀는 눈을 살짝 내리깔며 작은 목소리로 "정 싫다면 안 와도 되지만……." 하고 덧붙여 말했다.

소년은 대답 대신 오른손을 들어 보였다. 시비를 걸었던 나날에 대한 사과치고는, 브륀힐드의 부탁은 가벼웠다.

시구르드는 그 후로 매일, 식사를 처리하러 갔다.

브륀힐드의 말투는 퉁명하면서 고압적이었다. 표정 변화도 적었다. 하지만 시구르드가 자기를 대신해서 식사해 줄 때면, 아주 약간이지만 틀림없이 기뻐했다. 약간 어색하게나마 입꼬리를 올렸다. 하인에게 보여주는 눈부신 미소보다는 그게 더 낫다고, 시구르드는 생각했다.

브륀힐드는 겉과 속의 표정을 교묘하게 나눠 쓰는 여자이며, 어째선지 시구르드 앞에서는 속의 표정을 드러내며 본심을 드러냈다. 고압적이며 배려심이 없지만, 그 덕분에 시구르드도 자신의 본심을 드러낼 수 있어서 마음이 편했다.

브륀힐드는 신문에서 다뤄지는 유명인이며, 하인들의 신망도 두텁다. 그녀가 자신에게만 본심을 드러낸다는 점이, 시구르드에게 말로 형용할 수 없는 우월감을 안겨 줬다.

처음에는 사과 삼아서 시작한 식사 처리지만…….

그것은 서서히 즐거운 시간으로 변해갔다.

그런 몇 번째 식사 때, 브륀힐드가 시구르드에게 물었다.

"저기, 왜 이 저택 사람들은 주인이 어디 있는지도 모르는 거지?"

듣고 보니 그랬다. 요즘 들어 시구르드의 아버지는 마치 모습을 감추려는 것처럼 계속 원정을 떠났다. 평소 같으면 어느 바다로 향했는지는 가르쳐 주지만, 이번에는 그것도 알려주지 않았다. 하지만 어느 바다로 갔는지 알더라도 넓은 바다에 떠 있는 군함을 추적하는 건 불가능하니, 행선지를 가르쳐 주는 것은 딱히 의미가 없었다. 그래서 시구르드도 아버지가 원정을 떠난 곳을 가르쳐 주지 않았다는 사실을, 브륀힐드가 지적할 때까지 눈치채지 못했다.

"아들인 너에게도 소재지를 가르쳐 주지 않은 것이냐?"

"그래. 못 들었어. 업무상 수도에는 거의 없는 사람이거든. 그래도 1년 뒤에는 돌아올 거야."

"1년? 항상 오랫동안 집을 비우는 건가?"

"1년 정도로 놀라지 마. 길 때는 3년 넘게 비울 때도 있어."

브륀힐드는 눈을 감더니, 왼손으로 자신의 오른쪽 어깨를 움켜쥐었다.

"그건, 너무 긴걸……."

노벨란트 제국은 전 세계의 에덴 공략에 힘쓰고 있으며, 공략의 핵심인 캐논포 발뭉은 시기베르트만이 다룰 수 있다. 준장은 지상보다 해상에서 지내는 시간이 더 긴 것이다.

"용은 인간을 습격하지 않는데, 인간은 용을 습격하느라 바쁘다는 건가. 한 번쯤 용에게 습격을 받아봐야 하겠는걸. 그래야 그 공포를 이해할 테니." 라고 브륀힐드는 무시무시한 말을 늘어놨다.

용의 딸로서, 니벨룽겐에서 보복 테러라도 일으킬 속셈인 걸까.

"그런 짓을 했다간 너는 지옥에 떨어질 거야. 아버지만이 아니라, 아무 상관없는 민간인도 휘말리잖아."

"지옥행은 곤란해." 라고 말한 브륀힐드는 한숨을 쉬었다.

이 아이의 농담은 이해하기 어려울 뿐만 아니라, 재미도 없다.

어느 휴일에 있었던 일이다.

시구르드는 브륀힐드에게 영화를 보러 가자고 말했다.

"내 똘마니가 표를 두 장이나 줬거든. 안 보러 가면 아깝잖아."

"싫다. 너니까 솔직히 말하겠는데, 나는 니벨룽겐이라는 도시를 질색해. 걸어 다니기도 싫어."

"하지만 영화 내용은 네 마음에 들지도 몰라." 라며 입꼬리를 올리는 시구르드.

브륀힐드는 의아해하며 물어봤다.

"어째서지?"

"괴기영화거든."

그렇게 말한 시구르드는 의기양양하게 가슴을 폈다.

"유령이 차례차례 인간을 습격하는 영화야. 네가 예전에 그랬지? 인간은 한 번쯤 습격을 받아봐야겠니 어쩌니 했잖아."

"아, 그랬지." 라고 말하고, 브륀힐드는 입가에 손가락을 대며 생각했다. 그리고 잠시 뜸을 들인 후, "그렇다면, 뭐." 하고 내키지 않는 투로 승낙했다.

시구르드와 브륀힐드는 함께 시내를 걸었다. 영화관으로 가는 동안, 브륀힐드는 쭉 고개를 숙이고 있었다. 마치 도시 풍경을, 되도록 보고 싶지 않다는 듯이…….

영화는, 좋지도 나쁘지도 않았다. 사전에 들었던 것처럼, 유령이 인간을 차례차례 습격하는 내용이었다. 나름 영화광인 시구르드로서는 약간 심심한 내용이었다.

어쩌면 브륀힐드도 재미없었을지도 모른다는 생각이 들어 조금 걱정이 된 시구르드는 상영 도중에 옆자리에 앉은 그녀를 쳐다봤다.

브륀힐드는 뜻밖에도 진지한 눈으로 스크린을 응시하고 있었다.

다행히, 시구르드의 불안은 기우로 끝난 것 같았다. 약간 재미없는 영화였지만, 브륀힐드가 재미있었으면 됐다고 소년은 생각했다.

극장을 나선 후, 브륀힐드에게 감상을 물었다.

소녀는 "흥미로운 이야기였다."라고, 귀여운 구석이 전혀 없는 대답을 했다.

"아니, 뭐랄까…… 다른 건 없어? 무서웠다거나, 인간이 당하는 걸 보니 개운했다…… 같은 거 말이야."

"물론, 그렇기도 했지."

브륀힐드는 긍정했지만, 그 얼굴은 유령을 보고 겁먹은 여자애처럼 보이지 않았다.

"여러모로 생각해 봤어."란 말은 마치 철학자 같았다.

"하나도 안 무서워하잖아."라며, 시구르드는 탄식했다.

하지만 브륀힐드는 거짓말을 하지 않았다.

영화를 본 날 밤의 일이다.

일과인 단련을 마치고 방으로 돌아가려던 시구르드는 지크프리트 저택의 장미 정원을 지나다…….

브륀힐드의 모습을 발견했다.

붉은 꽃이 잔뜩 피어 있는 정원. 그 중앙에 있는 분수 가장자리에 앉은 소녀. 원래 백은색인 소녀의 긴 머리카락은, 달빛에 젖어서 푸른색으로 물들어 있었다.

그 색감 탓일까. 소녀의 모습은, 시구르드의 눈에 쓸쓸해 보였다.

시구르드는 브륀힐드의 곁으로 향했다. 소녀는 생각에 잠긴 건지, 소년이 옆에 섰는데도 눈치채지 못했다.

"어이, 뭐 하는 거야?"

말을 건네자, 브륀힐드는 그제야 고개를 들었다.

"뭐⋯⋯. 아⋯⋯ 그게⋯⋯."

완전히 허를 찔린 건지, 브륀힐드는 말문이 막혔다. 뜻밖의 반응이었다. 시구르드가 아는 브륀힐드는 빈틈이 없는 여자다. 그런 그녀가 당황하며 허둥대고 있다.

거북한 침묵이 찾아오려는 듯한 느낌을 받았다. 그래서 말을 잇지 못하는 브륀힐드를 대신해, 시구르드가 이야기를 이어갔다.

"평소에는 빨리 잠자리에 들면서 말이야. 곧 있으면 날짜가 바뀔 시간이거든?"

"날짜가? ⋯⋯그래. 벌써, 시간이 그렇게 된 건가."

브륀힐드는 잠시 뜸을 들인 후, 말을 이었다.

"무서워서, 잠들 수가 없다."

"무서워서? 뭐가?"

시구르드는 순식간에 해치우는 이 여자가, 대체 무엇을 무서워한다는 걸까.

"너와 낮에 본 영화가, 말이다."

엉. 그 괴기영화를 말하는 걸까.

"그런 애들 장난 같은 영화가 왜 무섭다는 거야. 유령보다도 네가 훨씬 강하거든?"

시구르드는 놀리는 투로 그렇게 말했지만, 소녀의 어두운 표정에는 변화가 없었다.

"죽음에 관해, 생각했다."

시구르드는 말을 잇지 못했다.

"그 영화에서는, 망자가 유령이 되어 현세를 떠돌고 있었지. ……정말 그런 걸까. 내가 죽었을 때, 그렇게 즐거운 미래가 기다릴까? 더 무시무시한 결말이 약속된 게 아닐까?"

──그런 생각을 하니, 너무나도 무섭다.

브륀힐드는 눈을 살짝 내리깔았다. 아무래도 진심으로 무서워하는 것 같았다.

"그 영화를 보고, 그런 생각을 하는 녀석은 없어."

그렇게 말하고, 시구르드는 브륀힐드의 옆에 앉았다.

장미 정원은 달콤한 향기로 가득 차 있었다. 하지만 거기에는 마음이 편안해지는 향기가 섞여 있었다. 희미하게 감도는, 푸근한 공기. 에덴에서 나는 과일을 먹고 자란 브륀힐드가 두르고 있는 자연의 향기다.

"장미 향기에는 숙면 효과가 있다고 들었다만, 나에게는 효과가 없는 것 같구나. 과일과 마찬가지로, 꽃 또한 에덴에 있던 것보다 훨씬 열악해. 악취 때문에 코가 삐뚤어질 것 같아."

"그렇구나." 하고 시구르드는 대답했다.

그 뒤로 두 사람은 한동안 침묵했다. 시구르드는 브륀힐드에게 더 말을 걸지 않았다. 그저 브륀힐드의 옆에 있을 뿐이다.

그렇기에, 브륀힐드가 먼저 입을 열었다.

"방에 돌아가서 수면을 취하지 않아도 되겠느냐?"

"그럴 수는 없다고."

브륀힐드는 "어째서지?" 하고 말하며 고개를 갸웃거렸다.

"그야 너는 무서워서 잠이 안 온다며? 솔직히 말해 나는 뭐가 그렇게 무서운 건지 이해가 안 되지만, 그래도 네가 지금 잠들지 못하는 건 내 탓이야."

자기가 깊이 생각하지 않고, 괴기영화를 보여준 탓이다.

혼자 정원에 있는 것보다는, 자기 같은 녀석이라도 옆에 있는 편이 그녀가 느끼는 공포도 누그러들지 않을까. 시구르드는 그렇게 생각했다.

"해가 뜰 때까지 여기 있는 것이냐?"

"볼일 보러 갈 때는 자리를 비울지도 모르겠네."

"바보구나."

브륀힐드는 살며시 웃었다. 입술 가장자리가 서툴게 치켜 올라갔다. 하인들에게 보여주는 가짜 미소가 아닌, 살아 있는 표정이다.

시구르드는 눈치챘다. 아무래도 자신은 이 미소를 싫어하지 않는 것 같았다.

브륀힐드는 자리에서 일어났다.

"고맙다. 마음이 좀 편해졌어. 지금이라면 잠이 올지도 모르겠군."

"진짜야?"

시구르드는 브륀힐드를 쳐다보며 물었다.

"걱정된다면 내 방으로 따라와도 된다. 네가 같이 자 준다면 확실하게 불안이 누그러들겠지."

"바……."

이번에는 시구르드가 당황할 차례였다. 소년은 얼굴을 붉히고 벌떡 일어섰다.

"이 바보야……! 남자한테 함부로 그런 소리를 함부로 하지 마! 아무리 남매라도……."

"왜지?"라고 묻는 브륀힐드의 얼굴에 얄미운 악마 같은 미소가 깃든 것도 눈치채지 못할 정도로, 소년은 허둥댔다.

"그건……. 너는 무인도에서 자라서 잘 모르겠지만……. 남녀가 같이 잔다는 건…… 즉…… 저기……."

완전히 말문이 막힌 시구르드를 본 브륀힐드는 더는 못 참겠다는 듯이 웃음을 터뜨렸다. 배를 감싸고, 눈가에는 눈물마저 맺혔다.

"정말이지. 놀리는 맛이 있는 오라버니군."

그 말을 듣고, 시구르드는 그제야 이해했다.

"인마……! 의미를 알면서 말한 거냐고."

"당연하지. 또한 네가 허둥댈 것도 예상했다."

패 주고 싶어졌다.

하지만 관뒀다.

아까 본 쓸쓸한 모습보다는, 웃는 모습이 훨씬 낫다.

"너와 있으면, 즐겁다."라고 소녀는 말했다.

"그래?"라고 대꾸하는 소년 또한, 썩 싫지는 않은 눈치였다.

"그러니, 너무 나에게 다가오지 마라."

소년은 그 말의 의미를 이해할 수 없었다.

"불편한 거야?"

"그건, 전혀 아니다. 내 입장과 목적을 생각하면 환영해야겠지."

"그렇다면 상관없잖아."

"그렇, 지만……."

먹구름이, 달빛을 가렸다. 브륀힐드는 잠시 생각에 잠긴 다음, 입을 열었다.

"미래의 일은 알 수 없지만." 하고 운을 뗀 소녀는 말했다.

"나는 분명, 너에게 깊은 상처를 줄 거다."

다시 침묵이 찾아왔다.

브륀힐드는 기다리고 있는 것 같았다. 무슨 뜻이냐고, 무슨 짓을 할 속셈이냐고, 시구르드가 묻기를.

하지만 시구르드는 그러지 않았다. 묻고 싶기는 하지만, 그러지 않았다.

간단한 이유 때문이었다.

그것은 분명, 즐겁지 않은 화제일 테니까.

장미 정원에서 홀로 있던 소녀로 되돌아가게 될 테니까.

──물어봤다간, 이 아이는 잠들지 못하게 될 것이다.

그런 우려가, 시구르드의 입을 막았다.

두 사람은 꽤 오랫동안 침묵했지만, 이윽고 브륀힐드는 체념한 듯이 시구르드에게서 돌아섰다. 그 조그마한 뒷모습은, 왠지 우울해 보였다.

정원에 남겨진 시구르드는 밤하늘을 올려다보았다.

결국, 소녀가 웃는 얼굴로 방에 돌아가게 해주지는 못했다.

한숨이, 밤의 공기에 녹아든다.

드디어 티폰을 상대로 한 설명회 날이 찾아왔다.

행사장은 수도에 있는 시민 회관이다. 유명 인사의 강연회에도 쓰이는 넓은 강당에서 할 예정이다. 연단 앞의 계단에는 수많은 의자가 놓여 있었다.

현장에서 가장 계급이 높은 건 브륀힐드 소위다. 당초에는 작스 대령도 현장에 올 예정이었지만.

"언제까지고 대령님께 보살핌을 받을 수는 없습니다. 저는 소위니까요."

브륀힐드가 이렇게 말하는 바람에 관둘 수밖에 없었다.

넓은 강당이 점점 채워졌다.

최종적으로 삼백 명가량의 티폰 측 멤버가 행사장에 모였다.

브륀힐드를 취재하려는 신문기자도 들어오려고 했지만, 그들은 브륀힐드의 지시로 배제됐다. 티폰 멤버를 자극할 요소는 조금이라도 줄이고 싶다는 이유에서였다.

행사장에 모인 멤버는 섬뜩할 정도로 조용했다. 어린 소위의 호위를 맡은 군인들은 폭풍 전의 고요가 틀림없다고 여기며 불안에 휩싸웠다. 티폰은 환경단체를 자처하고 있지만, 실제로는 과격한 종교 단체다.

브륀힐드는 아직 단상에 서지 않았지만, 강당 안은 이미 그녀를 향한 적의와 악의로 가득 차 있었다.

티폰의 멤버는 브륀힐드 지크프리트를 '모독적인 존재'로 인식하고 있다.

용을 죽이는 귀족가인 지크프리트 가문은 용을 숭배하는 티폰에게 가장 큰 적이며, 하필이면 그 일족이 용의 아이를 자처한다는 것은 불경하기 그지없다고 여기는 것이다.

오늘 이 자리의 주요 테마는 '브륀힐드 지크프리트가 용의 딸이 아니라는 사실을 설명'하는 것이지만······.

티폰 측은 애초부터 이야기를 들을 생각이 전혀 없었다.

티폰이 이 설명회에 출석한 목적은 매우 단순했다. 용의 아이를 자처하는 계집의 정신을 산산이 부숴서, 다시는 사람들 앞에 서지 못하게 만드는 것이다.

경우에 따라서는 폭동이 일어날 수도 있다고 여긴 군인들은 긴장에 사로잡혔다.

긴박한 분위기 속에서, 설명회 개시 시각이 됐다.

군복을 입은 브륀힐드 지크프리트 소위가 단상에 섰다.

아직 티폰의 멤버들은 조용했다. 하지만 브륀힐드가 한마디라도 하면, 그것이 제아무리 티폰 측에게 우호적인 발언일지라도 트집을 잡으며 총공격을 시작할 것이다.

"…………."

소녀인 소위는 입을 다물고 있었나.

어쩔 수 없다며, 경호를 맡은 군인들은 생각했다. 브륀힐드 또한, 자신이 수많은 이들의 악의를 받고 있다는 것을 이해했을 것이다. 외모는 어른스럽지만, 아직 열여섯 살인 어린애에 지나지 않았다. 군인 중 절반은 '꼴좋다'고 생각하며 비웃었고, 나머지 절반은 동정하기 시작했다.

바로 그때였다.

행사장을 가득 채운 악의가 누그러들기 시작한 것이다.

브륀힐드가 입을 열었다.

"오늘은 이렇게 모여 주셔서 감사합니다. 이제부터 설명회를 시작하겠습니다. 저는 노벨란트 육군 소위, 브륀힐드 지크프리트라고 합니다. 그렇다면 우선 개요부터 설명을……."

브륀힐드 지크프리트가 한 설명은, 완벽했다. 사전에 몇 번이나 연습한 대로 이야기한 것이다.

이윽고 티폰 측에서 공유되던 악의가 사라지고 말았다.

설명이 끝나자, 행사장을 가득 채운 공기 중 6할은 브륀힐드를 향한 호의, 3할은 그녀를 향한 당혹감으로 바뀌었다. 그 당혹감에도 적의는 섞여 있지 않았다. 남은 1할은 눈물을 줄줄 흘리면서 박수갈채를 보내거나 깍지를 끼며 기도하는 듯한 포즈를 취할 지경이었다.

최상의 결과지만, 동시에 믿기지 않는 사태이기도 했다.

이 설명회에 완벽한 결과가 일어날 리 없다.

브륀힐드가 연습한 대로 설명해 봤자, 티폰 측에서 만족할 리가 없다. 그들의 목적은 브륀힐드를 공격하는 것이기에, 그녀에게 박수를 보낼 리가 없는 것이다.

하지만 실제로 설명회는 원만히, 일부는 열광하면서 끝나고 말았다. 호위를 맡은 군인들은 고개를 갸웃거렸지만, 브륀힐드가 설명을 잘한 것으로 여기며 해산할 수밖에 없었다.

원만하게 설명회를 마친 날 밤.

갸름한 초승달이 빛나는, 한밤중에 그 사건이 일어났다.

검은 용 32마리, 하얀 용 10마리, 총 42마리의 용이 갑자기 니벨룽겐을 습격한 것이다.

용을 죽이는 것으로 유명한 노벨란트 제국의 수도일지라도, 용의 습격에 대비하지는 않았다. 아니, 용의 습격에 대비하는 나라는 이 세상에 존재하지 않는다. 용은 어디까지나 에덴의 수호자이기에, 에덴을 습격하지 않는 한 인간을 공격하지 않는 것이다.

용이 무리를 지어 인간을 습격하는 사태는, 기록상으로는 이번이 처음이었다.

쳐들어온 용의 몸집은 약 5미터에서 8미터 정도다. 분류상으로는 중형이지만, 그 발톱은 강철을 종이처럼 찢고 입은 인간의 머리를 간단히 씹어 으깬다. 권총 정도로는 단단한 비늘을 꿰뚫을 수도 없다.

희망인 시기베르트 준장은, 수도에 없다. 캐논포 발몽과 함께, 원정 중이다.

도시는 대혼란에 빠졌다.

인간들이 용으로부터 도망치는 가운데, 용에게 맞서는 소년이 있었다. 시구르드다.

경찰 조직으로는 용의 침공을 막을 수 있을 리가 없기에, 육군이 출동 요청을 받았다. 하지만 예상치 못한 사태인 탓에 육군의 대응은 늦었고, 부대에 출동 명령이 내려지는 데도 상당히 오랜 시간이 걸렸다. 가만히 명령을 기다려선 사람들을 지킬 수 없다고 판단한 시구르드는 단독으로 용을 토벌하러 나섰다.

하지만 결과는 좋지 않았다.

아치형 벽돌 다리 위에서, 시구르드는 검은 용 한 마리와 대치했다. 검은 용의 표적이 된 가족을 대피시키기 위해, 미끼가 된 것이다.

시구르드가 손에 쥔 검은 중간에서 똑 부러졌다. 본인도 상처를 입었으며, 이마에서 흘러내린 피가 오른쪽 눈을 가렸다.

공격을 막기에 급급했다. 해치우는 건 무리였다. 시구르드가 약한 탓이 아니다. 원래 용과 인간은 이 정도로 힘에서 차이가 나는 것이다. 총기를 휴대한 시구르드는 조금 전까지 기관총으로 맞섰지만, 탄이 바닥날 때까지 용을 한 마리도 해치우지 못했다.

대치한 검은 용이 날아오르더니, 발톱을 휘둘렀다.

부러진 검으로 방어하려 했다. 하지만 적의 완력이 너무 강한 탓에, 시구르드는 검을 놓치고 말았다. 결국 막아내지 못한 발톱이 오른쪽 다리의 살점을 찢었다.

"──!"

시구르드가 무릎을 꿇었다. 이제 도망칠 수도, 공격을 막을 수도 없다.

"빌어먹을……."

검은 용이 차가운 눈으로 시구르드를 노려봤다. 그리고 다시 그를 향해서 쇄도했다.

죽음을 확신했다. 자신은 저 발톱에 두 동강이 나거나, 턱에 몸이 으스러질 것이라고.

하지만 그런 일은 생기지 않았다.

백은빛 그림자가 엄청난 속도로 시구르드와 용 사이에 끼어들었다.

그러자 검은 용이 움직임을 멈췄다.

움직임을 멈춘 검은 용이 머리만 움직였다. 아래쪽으로, 쭉 미끄러진다. 용의 목이 절단되었다. 머리가 바닥에 떨어지자, 머리를 잃은 몸이 뒤늦게 쓰러지면서 큰 소리를 냈다.

"무사하냐?!"

살벌한 목소리지만, 귀에 익었다. 그제야 시구르드는 백은빛 그림자의 정체를 눈치챘다.

"브륀힐드……?"

전통적인 용을 죽이는 검, 팔시온을 쥔 브륀힐드가 이 자리에 있었다.

브륀힐드가 당혹스러워하는 시구르드의 곁으로 뛰어왔다. "왜 출동 명령을 기다리지 않은 것이냐!"라고 외치면서 시구르드의 얼굴과 몸을 만졌다. 시구르드의 상처를 확인하는 것이다.

"가볍지는 않지만…… 목숨에는 지장이 없겠어."

브륀힐드는 안심한 표정을 짓더니, 시구르드에게서 떨어졌다.

"거기서 가만히 있어라."

"'예, 알겠습니다' 하고 말할 놈이었다면 명령을 기다리지 않고 시내에 나가지 않는다고……."

시구르드는 몸을 일으키려 했지만, 오른쪽 다리에 입은 상처 탓에 넘어졌다. 이를 브륀힐드가 안아서 부축했다.

"그 상처로는 무리다."

브륀힐드는 반쯤 억지로 시구르드를 앉혔다.

"함부로 움직였다간, 힘줄이 끊겨서 돌이킬 수 없게 될 거다."

분하지만, 브륀힐드의 말이 옳았다. 자신에게는 싸울 힘이 남지 않았다. 하지만 싸울 수 없는 자가 할 수 있는 일도 있다.

"싸울 수 없다는 건 이해했어. 철수할게. 또 용에게 공격받기 전에."

안 그러면, 다음에는 진짜로 죽는다.

"아니, 이 다리에 있어라. 함부로 움직이는 것이 더 곤란해."

하지만 브륀힐드는 이 자리에 있으라고 말했다.

"무슨 소리를 하는 거야. 여기는 다리 한복판이야. 용에게 공격받으면 도망칠 데가……."

"괜찮다. 내가 못 오게 하겠어. 절대로."

시구르드는 그 말을 듣고 입을 다물었다. 소녀의 말이 굳건했으니까. 이 아이는 정말로 용이 이 다리에 다가오지 못하게 할 것이다.

그 말에는 그렇게 믿게 하는 힘이 있었다.

"그래. 나는 여기 있겠어."

체념이 섞인 목소리.

(격투 연습만이 아니라, 실전에서도 이 꼴인 건가.)

자신은 모든 면에서, 브륀힐드에게 미치지 못한다.

분하지 않을 리가 없다. 하지만 이제 그만 포기해야 한다. 드래곤 슬레이어에 어울리는 사람은 브륀힐드라는 것을 인정해야 한다.

그렇기에…….

"도시를……."

소년은, 자신의 꿈을 소녀에게 맡기기로 했다.

"도시를, 사람들을 지켜줘."

너무 한심한 말이라 눈물이 나려고 했다. 그것을 억지로 참았다.

시구르드의 말을 들은 브륀힐드는 잠시 침묵했다. 그렇게 사이를 둔 후, 입을 열었다.

"나는 지크프리트 가문의 여식이자, 소위다."

팔시온이 가로등 불빛을 받아 붉게 빛났다.

"소위로서, 요구받는 소임을 다하겠다."

시구르드는 그 말을 듣고 안심했다. 자신의 꿈을, 브륀힐드가 이어받아 준 것이라며.

달려가는 브륀힐드의 등을, 시구르드는 조용히 응시했다.

결과만 말하자면, 용을 격퇴하는 데는 성공했다.

하지만 그 과정에서 사망자는 54명, 부상자는 300명을 넘었다.

게다가 죽이는 데 성공한 것은 42마리 중에서 검은 용 32마리뿐으로, 하얀 용 10마리는 전부 도망치고 말았다.

하지만 이 정도로도 피해를 잘 막은 편이다.

브륀힐드 소위가 맹렬히 분투하면서 다수의 검은 용을 죽인 덕분이다.

군의 대응이 지지부진했던 만큼, 그 활약은 더 돋보였다.

검은 용과 대비를 이루는 듯한 은발은, 사람들에게 정의와 자애의 상징처럼 보였다. 그녀에게 목숨을 구원받은 사람은, 그녀를 소위가 아니라 드래곤 슬레이어라고 불렀다.

용을 죽이는 검, 팔시온을 휘둘러서 사악한 용을 베는 브륀힐드의 모습은 국민의 눈에 새겨졌다.

그리고 여러 용에게 포위당한 그녀가, 유린당하는 모습도.

사람들은 말했다. 하얀 용은 검은 용보다 강했다고.

사람들은 말했다. 드래곤 슬레이어는 홀로 싸운 끝에, 결국 힘이 다하고 말았다고.

아무리 용을 죽이는 소녀가 강할지라도, 수적으로 열세였다고.

부서진 팔시온이 허공에 날아가고 소녀의 몸에서 핏줄기가 뿜어져 나오는 모습을, 사람들은 봤다고 한다. 쓰러진 소녀의 등, 배의 살을 하얀 용이 쪼아먹는 모습도.

자신들의 목숨도 여기까지라며, 죽음을 각오했다.

하지만 바로 그때, 육군 주력이 달려왔다. 드디어 출동 명령이 내려진 것이다. 주력의 활약으로, 그 자리에 있던 민간인은 목숨을 건졌다.

용을 쫓아낸 후, 그 자리에는 더러운 누더기 같은 것이 남았다.

몸이 엉망진창으로 찢긴 채, 초점이 맞지 않는 눈으로 허공을 응시하고 있는 브륀힐드였다.

후송되는 그녀의 붉은 군복은 다른 붉은색으로 물들어 있었다.

몇 분 전까지 드래곤 슬레이어로서 추앙받던 소녀의 말로다.

희미하게 숨을 쉬고 있지만, 누가 봐도 목숨을 건질 수 있는 상태가 아니었다.

신문은 이때를 기다린 것처럼 소녀의 기사를 쏟아냈다.

원래부터 브륀힐드는 유명인이었다. 예쁘게 생긴 젊은 장교라는 점만으로도 화제성은 충분하지만, 거기에 영웅성과 비극성이 더해진 것이다.

기사에는 있는 말, 없는 말이 잔뜩 쓰여 있었다. 기사에 따르면 수도를 습격한 용은 백 마리가 넘으며, 브륀힐드 소위의 활약은 초대 지크프리트 전설 못지않을 만큼 자극적으로 쓰였다. 모든 기사가 사실이라면 브륀힐드 소위는 적어도 동시에 세 곳에 존재했으며, 전쟁의 신을 방불케 하는 분투를 벌인 끝에, 온갖 방식의 처절한 죽음을 맞이했다.

이제는 진실이 뭔지도 모르고, 아무도 관심을 보이지 않았다.

남은 것은 비극의 드래곤 슬레이어 브륀힐드 전설, 그리고 군의 늑장 대응에 대한 강렬한 비난이었다.

사실, 브륀힐드는 죽지 않았다.

그녀가 죽었단 보도는 진실이 아니지만, 그것도 어쩔 수 없었다.

브륀힐드는 평범한 인간이라면 절대로 살아남을 수 없을 정도의 중상을 입었던 것이다. 에덴에서 자란 육체가 인간보다 훨씬 강인한 덕분에 목숨을 부지했을 뿐이다.

국군 병원으로 옮겨진 그녀는 정말로 중태였다.

속단할 수 없는 상황이 이어졌다. 의료 관계자 말고는 아무도 브륀힐드를 만날 수 없었다.

처음으로 면회가 허락된 것은 습격으로부터 일주일 후였으며, 그 인물은 작스 대령이었다. 시간은 10분으로 제한됐다.

작스가 병실에 들어섰을 때, 브륀힐드는 아직 몸을 제대로 움직일 수 없는 상태였다. 잠든 건지, 눈을 감고 있었다. 몸은 붕대에 휘감겨 있었으며, 팔에는 수액 바늘이 꽂혀 있었다. 미세하게 드러난 피부 또한 검붉게 부어 있었다.

"브륀힐드……"

말을 건 것은 아니다. 너무 가여운 모습이었기에, 무심코 그 이름을 입에 담고 말았다.

하지만 소녀는 정신을 차렸다.

브륀힐드는 어렴풋이 눈을 뜨더니, 눈동자를 천천히 움직여서 작스를 쳐다봤다.

"대……령님……"

"말하지 않아도 돼. 오늘은 좀 어떤지 보러왔을 뿐이야."

작스는 되도록 온화한 어조로, 그리고 소녀를 달래듯 말했다. 하지만, 마음속으로는 초조하기 그지없었다. 괜히 체력을 소모하게 하고 싶지 않았다.

"나는 신경 쓰지 마. 금방 나갈게."

"아……뇨……. 대령……님. 기다려… 주세요."

소녀의 눈동자에 물기가 어렸다. 목소리가 떨리는 건, 부상 탓만은 아닌 것 같았다.

"저……, 도움이…… 됐나……요? 소위란 지위는, 아직도…… 장식……인가요?"

뒤통수를 망치로 두들겨 맞은 듯한 느낌이 들었다.

"저…… 장식이 되고 싶지, 않아서……."

아아, 그랬던 건가.

그녀가 맹렬하게 분투했다는 건 알고 있다.

무모할 정도로 최선을 다한 끝에, 지금 이런 상태가 된 것도 알고 있다.

어째서 이렇게 되도록 싸운 건지 의문이었는데…….

설마, 자신이 그 등을 떠민 건가?

생각해 보면, 티폰을 상대로 설명회를 하기 전에도 그녀는 말했다.

『언제까지고 대령님께 보살핌 받을 수는 없습니다. 저는 소위니까요.』

저는 소위니까요.

그렇다면, 자신은 대체 무슨 짓을 저지른 것일까.

40년이나 살았다. 대수롭지 않게 한 말이 타인에게 깊은 상처를 주는 일이 있다는 것도 알고 있다.

자신은, 이 아이에게 그런 짓을 하고 만 것인가.

외모도 어른스럽고, 나이에 걸맞지 않게 영리하다지만…….

자신은 알고 있다.

이 아이가 평범한 여자애에 지나지 않는다는 것을.

열여섯 살인…….

"장식이 아니야."

허락된다면, 그 손을 꼭 잡아주고 싶다.

"브륀힐드는 최선을 다했어. 많은 사람의 목숨을 지켰지. 소위 정도가 아니야. 아니, 계급 같은 걸로 평할 수 없을 만큼 대단한 일을 해냈어."

"대……령님……."

소녀의 눈 가장자리에서, 한 줄기 눈물이 흘러내렸다.

"대령님…… 작스 대령님……."

무서웠다고, 소녀는 중얼거렸다.

"용에게 둘러싸였을 때…… 이대로, 죽는 줄…… 알았어요. 그랬더니…… 가슴이…… 아프더니…… 어째선지……."

아버님을 만나고 싶어.

"그런 생각을 했어요……."

작스는 가슴이 벅차올랐다.

(아아, 시기베르트.)

역시 너는, 잘못 판단했어.

나이도 먹을 만큼 먹었는데, 눈물이 치밀어 올랐다. 하지만 이 소녀 앞에서는 울지 않겠다며, 꾹 참았다.

이 아이의 옆에 있어야 하는 건, 내가 아니라 너야.

"꼭, 어떻게든 할게."

국익을 지키는 건 중요하다. 하지만 딸이 이런 상태인데, 가장 먼저 만나러 온 사람이 나라는 건 말도 안 되는 일이다.

간호사가 방에 들어와서, 말을 건넸다. 제한 시간이 10분이 다 된 것이다.

"브륀힐드, 나는…… 이만 가 볼게. 푹 쉬어……."

"싫어……."

봇물이 터진 것처럼, 소녀의 눈에서 눈물방울이 흘러내렸다.

"가지 마…… 가지…… 마. 혼자는…… 혼자 있는 건, 싫어……."

브륀힐드가 몸을 움직이려고 해서, 당황한 간호사가 달려가서 붙잡았다.

작스는 곁에 있어 주고 싶다는 마음을 억누르며, 병실 밖으로 나갔다.

그런 그는 마음속으로, 반드시 시기베르트를 이 아이의 곁으로 데려오겠다고 굳게 다짐했다.

그로부터 일주일이 더 흘렀을 때였다.

입원한 브륀힐드에게 친구와 지인의 면회가 허가됐다. 몸이 조금은 회복된 그녀는 혼자 힘으로 상반신을 어찌어찌 일으킬 수 있게 됐다고 한다.

시구르드는 작은 병문안 선물을 들고, 그녀의 병실로 향했다.

문을 두드렸다. "네." 하는 가련한 목소리가 들려왔다.

병실은 개인실이다. 브륀힐드는 불면 날아갈 듯한 안쓰러운 얼굴로 침대에 누워 있었다. 얼굴과 팔에 감긴 붕대가 정말 안타까웠다.

하지만, 브륀힐드는 시구르드를 보자마자…….

"뭐야. 너냐."

그렇게 말하며 가뿐하게 몸을 일으켰다.

"멀쩡하잖아."

시구르드는 신음하는 듯한 어조로 말했다. 그는 침대 옆에 놓인 의자에 앉았다.

"온 신문이 되게 과장해서 기사를 적었더군. 나도 이 정도일 줄은 몰랐다. 그래. 요즘 들어서 가장 걸작이었던 건 디 플뤼겔 신문이었지. 그야말로 걸작 소설이다. 나는 천 마리가 넘는 용의 무리를 상대로 전설의 대검 발뭉을 들고 홀로 싸운 끝에, 온몸이 갈가리 찢겨 죽었다더군."

읽고 싶으면 선반을 뒤져 보라고 웃으며 말했다. 나름의 농담이라는 건 이해하지만, 전혀 웃을 마음이 들지 않았다.

그녀가 다치지만 않았다면, 확 멱살을 움켜쥐었을 것이다.

"걱정했다고……."

쥐어짜낸 듯한 목소리였다. 이것에는 브륀힐드도 조금 놀랐다.

"나는 에덴에서 자란 덕분에, 평범한 인간보다 몸이 튼튼하거든. 평범한 사람이라면 목숨을 잃을 부상을 입더라도, 겨우겨우 생명을 부지할 수 있지. 설마 가십지의 기사를 믿은 것이냐?"

"튼튼하고 말고의 문제가 아니잖아."

용이 도시를 습격한 밤 이후로, 시구르드는 쭉 후회했다.

다리에서 나눴던 대화를 떠올렸다.

'도시를, 사람들을 지켜줘.' 라는 시구르드의 소망을, 브륀힐드에게 짊어지게 했다. 자신을 구해준 브륀힐드는 너무나도 강했고, 그 시점에는 적의 숫자를 알지 못했다. 그래서 그녀가 용에게 질 것이라고는 꿈에도 생각하지 못했다.

생각이 짧은 자기 자신에게 넌더리가 났다. 만약 도시를 지켜달라고 말하지 않았다면, 브륀힐드는 빈사의 중상을 입지 않았을지도 모른다.

"정말, 무사해서 다행이야……."

브륀힐드는 한동안 시구르드를 응시하더니, 어처구니없다는 투로 말했다.

"진짜로 걱정한 것이냐……? 나를……."

"같은 말을, 몇 번이나 하게 만들지 말라고."

소녀는 눈을 내리깔더니, 여린 목소리로 말했다.

"그건…… 미안하다……."

"딱히…… 화난 건 아니야."

시구르드는 거북함을 얼버무리려는 듯이, 병문안 선물을 던졌다. 그것은 브륀힐드의 침대 위에 떨어졌다.

"이건 뭐지?"

"레이션이라는 거야. 아직 시제품인데, 군에서 쓰는 휴대용 식량의 최신판이지. 뭘 먹어도 맛이 없다고, 네가 말했지? 그렇다면 차라리 맛은 무시하고 영양 섭취만 염두에 둔 먹거리가 낫지 않을까 싶더라고."

"호오! 센스가 좋은걸."

브륀힐드의 눈이 반짝였다. 목소리도 밝아졌다. 붕대가 감긴 손으로, 포장을 뜯었다. 그 안에는 영양소가 가득한 막대 과자 같은 것이 세 개 들어 있었다.

"이 세 개로 식사 한 끼 분의 영양소를 섭취할 수 있는 것이냐?"

"아니, 그 세 개로 하루를 버틸 수 있대."

"멋지군!"

시구르드는 이렇게 기뻐하는 브륀힐드를 처음 봤다.

"여자 마음을 잘 아는 남자인걸."

"이런 걸 받고 기뻐하는 여자는 세상에 너밖에 없어⋯⋯."

하지만 이렇게 마음에 들어 하니, 이 아이를 위해 좀 더 준비해 줘야겠다는 생각이 들었다.

매일 맛없어 죽겠다는 듯이 밥을 먹어대기는. 옆에서 지켜보는 내 생각도 해보라고.

"하지만 맛을 느끼지 않는 점을 생각하면, 이쪽이 더 우수하지."

브륀힐드의 시선이 영양 수액을 향했다.

항상 수액 바늘을 꽂고 있으면 움직이기 되게 불편할 거라고 말해 주자, 그녀는 그럴 거라고 말하며 슬쩍 웃었다.

"그런데⋯⋯ 군은 어떻게 됐지? 군의관은 나에게 정보를 제공해 주지 않는다. 건강을 해칠 수 있다면서 말이지. 신문을 읽는 걸 허락해 준 것도 최근 일이야."

"너를 2계급 특진시킬 거란 소문이 있어."

"호오, 군까지도 가십지를 믿을 줄이야."

브륀힐드는 입꼬리를 올렸다.

하지만 시구르드는 낮은 톤으로 말을 이었다.

"뭐, 승진은 어디까지나 소문이니 너무 믿지 마. 국민 사이에서 네 인기는 엄청나니까, 훈장 정도를 받을 거야. 아마 정치가로 전향하면 선거에서 당선될 수 있을걸?"

외모도 괜찮은 편이라고 생각하면서도, 시구르드는 왠지 아니꼬워서 말하지 않았다.

"그래…… 정치가…… 흐음……."

브륀힐드는 입가에 손을 대며 잠시 생각에 잠겼다.

"참고하겠다. 하지만, 내가 묻고 싶은 건 그게 아니야. 이번에 용에게 습격받으면서 니벨룽겐의 취약성이 드러났지. 상층부는 어떻게 대처할 생각인지 들은 게 없느냐?"

"듣긴 했어……."

시구르드의 계급은 하사다. 계급은 낮지만, 그는 지크프리트 가문의 일원으로서 연줄이 있다. 마음만 먹으면 상층부의 정보도 입수할 수 있다.

"듣긴 했는데……."

말끝을 흐렸다.

브륀힐드는 미간을 찌푸렸다.

"듣긴 했는데, 뭐 어쨌다는 거지? 나는 시기베르트 준장을 수도에 상주시킬 필요가 있다고 생각한다. 혹은……."

실제로 그런 이야기는 나오고 있다.

국민은 드래곤 슬레이어인 시기베르트 준장을 수도에 상주시킬 것을 강하게 바라고 있다. 브륀힐드의 비극이 벌어진 이 상황에서,

마음의 버팀목이 될 상징적인 존재를 원하는 것이다. 시기베르트 준장과 절친한 직스 대령이, 그를 설득하기 위해 원징지를 오가고 있다. 준장은 쌀쌀맞은 대답만 하는 것 같지만, 어찌 된 건지 이번에는 대령도 꽤 끈기를 가지고 교섭 중인 것 같았다.

(하지만 왜 얘가 그런 걸 신경 쓰는 거지?)

매우 단순한 답이 있다.

이 아이는, 부모의 원수를 갚으려는 것이다.

(…………)

시구르드는 눈을 꼭 감았다.

——저기, 너는 아버지를 죽일 생각인 거야?

물어보면 대답해 줄 것이다.

이 아이는, 어째선지 나에게만은 진심을 털어놓는 것이다.

하지만, 묻는 것이 무서웠다.

그렇다고 싸늘하게 답한다면?

나는 어쩌면 좋을까.

아버지는 존경한다. 죽이게 하고 싶지 않다.

하지만 자신을 길러 준 부모를 살해당한 브륀힐드의 심정 또한 이해할 수 있다.

부모를 죽이게 하고 싶지 않다는, 피해자 같은 생각을 했지만…….

오히려 피해자는 브륀힐드다.

섬에서 평화롭게 살고 있었는데, 갑자기 인간이 쳐들어왔다. 게다가 그 이유가 겨우 자원 확보였으니, 용서할 수 있을 리가 없다.

다양한 생각이 시구르드의 머릿속에서 뒤엉켰지만, 시간상으로 보면 별로 오래 고민하지는 않았다. 겨우 5초 정도밖에 안 됐지만, 브륀힐드는 보다 못한 듯이 입을 열었다.

"네가 이토록 상냥하다는 점이, 내게는 가장 큰 오산이야."

못 들은 척했다. 의미는 묻지 않았다.

결국, 아버지를 죽일 작정인지도 묻지 못했다.

시구르드는 도망치듯, 다른 질문을 던졌다.

"넌, 왜 나한테만 본심을 털어놓는 건데?"

하지만 그 질문은…….

"속죄다."

그가 피해 온 질문과, 똑같은 의미를 지녔다.

"나는 네 아버지를 죽일 거다."

뭐라고 대답하면 좋을지 알 수 없었다.

"너에게는, 나를 막을 권리가 있어."

브륀힐드는 시구르드에게만 이야기하기 시작했다.

그녀가 그날 밤에. 아니, 그날 무슨 일을 했는지를…….

제3장

『저는 에덴에서 왔습니다.』

그것은 설명회 때, 단상에 선 브륀힐드가 티폰 측 사람들에게 처음으로 건넨 말이었다.

하지만 노벨란트의 공용어가 아니다.

진성언어를 통한 발언이다.

진성언어는 온갖 의사소통의 정점에 선 수단이다. 입을 움직이지 않고도, 소리를 내지 않고도, 그 어떤 생물에게도, 자신이 전하고 싶은 바를 전할 수 있다.

거꾸로 말하자면, 전하고 싶은 상대를 한정해서 은밀한 대화를 나누는 것도 얼마든지 가능하다.

뜻밖의 사태가 벌어지자, 행사장 안에 있는 티폰 멤버들은 당황하며 서로의 얼굴을 쳐다봤다. 하지만 브륀힐드는 개의치 않으며 말을 이었다.

『제가 용의 딸이라는 보도는 사실이에요. 그것은 제가 진성언어로 여러분에게 말을 건네고 있다는 것을 통해, 충분히 이해하셨을 거라고 생각해요.』

진성언어의 존재는 세간에 잘 알려지지 않았다. 하지만 용을 숭배하는 티폰에게 있어서는 기초교양이라고 할 수 있을 만큼 침투해 있다. '만능 언어'가 아니라 '용의 언어'라는 인식의 차이가 있지만, 그것은 큰 문제가 아니었다. 오히려 용의 딸을 자처해야 하는 이 상황에서는 그런 인식 차이가 유리하게 작용했다. 브륀힐드는 사전에 티폰에 관해 철저하게 조사했으며, 그들의 인식 차이에 관해서도 파악했다.

『제 말은 군 관계자에게 들리지 않으며, 경건한 신도인 여러분에게만 들려요. 그것도 귀가 아니라 마음으로 듣는 거죠. 믿기지 않는다면 귀를 막아 보세요. 그래도 제 말이 들릴 거랍니다.』

몇 명은 그 말에 따라 귀를 막았다. 하지만, 브륀힐드의 말이 계속 들렸다.

『이제부터 진성언어와는 별개로, 저는 이 입을 이용해 말을 할 거랍니다.』

아름답게 생긴 입술에, 손가락을 댔다.

『하지만 그것은 어리석은 군인들의 눈을, 아니 귀를 속이기 위한 거짓말이랍니다. 제 진의는 여러분과 함께하고 있어요. 진성언어로 하는 말만이, 제가 진심으로 여러분에게 전하고 싶은 말이에요.』

브륀힐드의 입이 움직였다. "오늘은 이렇게 모여 주셔서……"

『여러분의 활동 내용은 알고 있답니다. 용을 숭배하며, 사후에 영년왕국에서 영혼의 안녕을 추구한다……. 그것은 지극히 올바릅니다. 저는 영년왕국에서의 안주를 약속받은 인간입니다. 여러분 또한 영년왕국으로 인도하고 싶어요.』

행사장을 가득 채우던, 사악하게 느껴질 정도의 적의가 흩어졌다. 그와 동시에 강렬한 당혹감이 물결치듯 퍼져 나갔다.

『영년왕국에는 다툼이 없답니다. 인종과 성별에 따른 차별도 존재하지 않죠. 그 나라에 관해서는 여러분도 잘 아실 테니, 더는 설명하지 않겠어요. 용은 영년왕국에 계신 신의 사도이며, 선행을 쌓은 자의 영혼을 그곳으로 인도하는 사명을 띠고 있답니다. 하지만…… 신께서는 분노하셨어요. 현세에서의 편안함만을 추구하는 인간이, 용을 죽이기 시작했기 때문이에요.』

브륀힐드는 안타까운 표정을 지으며 말을 이었다.

『신께서는 인류를 버려야 할지 고민하고 계시답니다. 그렇게 되면 경건하고 성실한 여러분 또한 영년왕국에 가지 못하게 되죠. 지금 여러분이 제 진성언어를 들을 수 있으면서도 말할 수 없는 점이, 신께서 인류를 버리려 한다는 증거랍니다.』

일부 열성적인 교도가 소스라치듯 손으로 얼굴을 감쌌다.

『저는 심판자로서 보내졌습니다. 인류에게 영년왕국에 초대될 자격이 있는지 가리는 자죠. 여러분이 그 나라로 건너갈 자격을 얻기 위해선, 우선 용을 죽인 죄를 씻어내야만 한답니다. 구체적으로는 사악하기 그지없는 드래곤 슬레이어의 머리를, 바치는 겁니다.』

──바쳐야 할 목의 이름은, 시기베르트 지크프리트.

『시기베르트는 제 아버지랍니다. 그를 죽여야 한다는 사실에 갈등을 느끼지 않는다고 할 수는 없겠죠. 하지만 제 일족이 쌓은 죄업을 아버지의 머리만으로 씻어낼 수 있다면…… 저는 마음을 독하게 먹겠어요. 드래곤 슬레이어를 잃은 탓에 이 나라가 외국에 유린당해 국민들이 죽을지라도, 마음만 깨끗하다면 사후의 영혼은 구원

받을 수 있답니다. 인생이라는 찰나의 행복과, 낙원에서 이어지는 영원한 안락. 어느 쪽이 더 좋을지는 말할 필요도 없을 테죠.』

소녀의 붉은 눈이, 신도들을 향했다.

『당혹스러울 테죠. 상황을 이해하지 못하는 분, 제 말을 신용하지 못하는 분도 있을 테죠. 당연한 반응이랍니다. 그래도 부디 제 말을 믿어 주셨으면 해요. 오늘 밤에 달이 보이는 언덕, 카논으로 와주세요. 그곳에서라면, 제가 용의 딸이라는 증거를 보여드릴 수 있어요.』

이것이, 공적인 자리에서 은밀히 이뤄진 연설의 개요였다.

카논은 노벨란트 제국 북부에 있는 용 신앙의 성지다.

황야와 흡사한 황토색 언덕에는 작은 나무가 드문드문 자라고 있다. 용을 모신 신전은 화려하지는 않지만, 깊은 역사가 새겨져 있다.

하지만 현재 이 신전 안에는 브륀힐드 말고는 아무도 없었다. 브륀힐드가 소위라는 지위로 출입을 금한 것이다. 물론 원래 소위에게는 그 정도의 권한이 없지만, 민간인이 소위가 지니는 권한의 범위를 알 리 없다. 정식 신분증을 지닌 군의 높은 사람이 내린 명령이기에, 민간인은 순순히 따랐을 뿐이다.

브륀힐드는 해가 저물 무렵에 이미 대성당에 도착했다.

천장에는 종교화가 있다. 용이 수많은 인간을 천국으로 인도하는 그림이다. 하늘로 오르는 용이 가장 위쪽에 위치했고, 그 용이 당겨주는 듯한 구도로 인간들이 떠오르고 있었다. 그림은 아래로 갈수록 색조가 어두워졌다. 가장 아래에서는 검은 불꽃에 휩싸인 인간들이 버둥거리고 있었다.

인간을 인도하는 용은, 하얀 비늘에 뒤덮여 있었다.

그 그림의 제목은 『성룡 루치펠의 위광』. 중세의 예술가가 그린 것이다.

쓸모가 있겠는걸, 하고 브륀힐드는 생각했다.

그렇게 생각한 순간, 가슴이 욱신거리면서 자기혐오에 빠졌다.

사랑하는 자의 목소리가, 그녀의 마음속에서 되살아났다.

『지혜의 열매를 먹었으니, 그대는 인간의 마음을 누구보다 잘 알아채겠지. 하지만 그 힘으로 타인을 속이면 안 돼. 신께서 보고 계시니까.』

해가 지자, 사람들이 대성당에 점점 모여들었다.

티폰의 신도들이다. 성급한 이들이 빨리 증거——브륀힐드가 용의 딸이라는 증표——를 보여달라고 말했지만, 브륀힐드는 진성언어로 그들을 달랬다.

약속한 시간이 흐른 후에도, 브륀힐드는 한동안 기다렸다. 한 명이라도 많은 티폰의 신도가 모이기를 바라서였다.

약속 시간으로부터 15분이 흘렀다. 모인 신도의 숫자는 42명. 더는 늘어나지 않을 것으로 판단한 브륀힐드는 이야기하기 시작했다.

『저를 믿고 이 자리에 모여주신 여러분에게, 우선 감사드리겠어요. 저는 여러분이야말로 진정한 동지라 믿겠어요.』

대성당에 모인 모든 인간이 브륀힐드를 신용한다고는 말하기 어려웠다.

낮에 설명을 듣고 브륀힐드를 용의 딸이라고 믿어서 신전에 온 사람도 있지만, 그 숫자는 많지 않다. 반신반의하는 사람이 절반, 나머지는 설명회 때처럼 조롱하거나 혹은 브륀힐드를 공격하는 게 목적이었다.

브륀힐드는 그것을 알면서도, 그들을 신뢰한다는 식으로 이야기를 이어갔다.

『저는 낮에 여러분에게 말씀드렸어요. 제가 용의 딸이라고요. 그 증거를 여러분에게 보여드리겠어요.』

브륀힐드는 군복의 오른쪽 소매를 걷고, 장갑을 벗었다.

새하얀 비늘에 뒤덮인 팔이 모습을 보였다.

『이 팔은, 제 아버지의 비늘에 감싸여 있답니다.』

그것을 보고 브륀힐드를 용의 딸로 인정한 자도 없지는 않았다. 하지만 많은 이들은 미심쩍은 눈으로 그 팔을 쳐다보고 있었다. 정교하게 만든 가짜 팔이라고 생각하는 것이리라. 당연한 생각이다.

브륀힐드는 비늘 하나를 떼어냈다. 붉은 피가 약간 흘러나왔다.

브륀힐드는 뱀 같은 혀로 비늘을 핥더니, 그것을 근처에 있던 남자 신도에게 건네줬다. 그는 감수성이 강하고 열성적인 신도다. 낮의 설명회에서는 눈물을 펑펑 쏟았고, 지금도 브륀힐드의 오른팔을 봤을 뿐인데 감격한 젊은이였다.

『제 비늘을 드세요.』

신도는 긴장한 것 같지만, 이윽고 "네, 넵!" 하고 소리치듯 고개를 끄덕이면서 비늘을 입 안에 넣었다.

그 순간, 청년의 몸이 빛나기 시작했다.

"어…… 으…… 아……." 하고 청년이 신음을 흘렸다.

청년의 등이 파도치듯 솟구치기 시작했다. 견갑골이 피부를 찢고 튀어나오더니, 날개로 변했다. 몸 안에서 번개가 휘몰아치더니, 피부가 비늘로 변하기 시작했다. 목이 점점 길어졌고, 얼굴은 말처럼 길어졌으며, 동공 또한 균열처럼 세로로 길게 찢어졌다. 송곳니도 나이프처럼 크고, 날카로웠다.

신도인 청년은 새하얀 용으로 변모했다. 몸높이는 8미터 정도였다.

용의 비늘을 먹으면 일시적으로 용이 될 수 있다. 그것은 4년 전 노벨란트 제국으로 향할 때 브륀힐드가 직접 경험했던 일이다.

신도 대부분은 꼼짝하지도 못했다. 전혀 예상하지 못한 상황에 직면한 인간은 대부분, 이렇게 굳고 만다. 그리고 잠시 후, 일부 신도가 공포에 휩싸이며 도망치려 했다.

『다, 다들! 기다려!』

그들을 제지한 것은 바로 용이 된 청년의 외침이었다. 그것은 포효가 아니라, 청년의 목소리였다. 그것도, 진성언어였다.

『괜찮아! 다들! 나는 너희를 공격하지 않아!』

청년의 목소리를 듣자, 도망치려 하던 신도들은 걸음을 멈췄다.

그 청년의 이름은 알렉세이다. 티폰에서도 특히나 성실해서 동지

들 사이에서 신뢰가 두터우며, 단체 안에서의 지위도 높다. 그런 그의 말이기에, 도망치려 하던 신도가 모두 걸음을 멈춘 것이다.

그리고 그런 그이기에, 브륀힐드는 가장 먼저 그에게 비늘을 줬다. 단체 안에서의 지위는 단체의 활동 내용에 관해 기록된 팸플릿을 보면 알 수 있으며, 그의 두터운 신앙심 또한 본인을 보고 확인했다.

『용의 힘이 느껴지나요?』

브륀힐드는 물었다.

『네……. 몸 깊은 곳에서 어마어마한 에너지가 느껴집니다. 기분도 좋아요…….』

『이성과 신앙심도 변함없죠?』

『네. 신룡님을 향한 충성심에는 변함이 없습니다.』

브륀힐드는 알렉세이에게 다가가서, 그 몸을 뒤덮은 비늘을 만졌다. 그리고 신도들을 돌아보며 말을 건넸다.

『여러분도, 이분에게 다가오세요.』

알렉세이는 적의가 없다는 것을 증명하려는 듯이, 신도들을 향해 고개를 숙였다.

신도들은 머뭇거리며 알렉세이에게 다가갔다. 그리고 비늘을 만져 보면서 그 단단함에 감탄했고, 근육을 만져 보면서 그 튼튼함에 경탄했다.

『용의 비늘은 총탄도 튕겨낸답니다. 그 어떤 검과 창도 꿰뚫을 수 없죠. 그리고 육체에 깃들어 있는 괴력은 전차마저 한 번에 뒤집을 수 있어요.』

브륀힐드는 알렉세이를 쳐다보며 말했다.

『인간으로 돌아가자고 생각해 보세요.』

알렉세이가 눈을 꼭 감자, 그 모습이 청년으로 되돌아갔다.

브륀힐드는 자기 비늘을 하나 더 떼어내더니, 모든 사람에게 보이도록 들어 보였다.

『이 힘을, 저는 여러분에게 나눠드리고 싶어요.』

어렴풋이 기뻐하는 이들이 있었다. 소녀의 붉은 눈동자는, 그들을 바라보며 기억했다.

브륀힐드는 천장을 검지로 가리켰다.

『천장의 그림을 보세요. 머나먼 시대, 인간의 청순한 마음은 진실을 받아들이고 있었답니다.』

그 손톱은 하얀 용이 사람들을 인도하는 그림을 가리켰다.

『이 천장화는 우리를 그린 것입니다. 우리는 용으로 변신해, 무지한 인간을 인도해야만 해요. 뜻을 같이하는 자에게 용의 비늘을 나눠주기 위해, 저는 에덴에서 왔답니다. 저는 인류를 영년왕국으로 인도하고 싶어요. 부디 이 비늘을 받고, 용이 되어 싸워 주세요.』

비늘을 원하지 않는 사람은 없었다.

물론 모든 사람이 경건한 신도는 아니었다. 그중에는 비늘을 이용해 사리사욕을 채울 속셈인 자도 있었다. 경건한 신도인지, 흑심이 있는 자인지는 겉모습만 봐서는 알 수 없다.

브륀힐드는 비늘을 주기 전에, '신앙심의 확인' 이라는 명목으로 질문을 두세 개 했다. 신도 모두에게. 질문의 내용, 그리고 어떤 답변을 하는지는 중요하지 않았다.

브륀힐드가 살핀 것은 대답할 때의 눈빛과 목소리 톤, 그리고 손가락과 표정 근육의 움직임이다. 인간이 무의식적으로 드러내는 미세한 징후를 파악해서, 브륀힐드는 대치하고 있는 신도가 자기를 맹신하고 있는지 아닌지 판단했다.

그리고 맹신한 자에게는 비늘을 입에 문 다음에 주고…….

흑심이 있는 자에게는 입에 물지 않은 비늘을 줬다.

알렉세이를 제외한 41명에 모두가 비늘을 받았다.

브륀힐드가 신호하자, 알렉세이를 제외한 신도 모두가 비늘을 먹었다.

알렉세이가 용이 된 것과 마찬가지로, 41명이 용으로 변했다.

하지만 다른 점은 41명 중에서 하얀 용이 된 것은 아홉 명뿐이며, 나머지 32명은 검은 용이 됐다.

하얀 용의 눈에는 지성의 빛이 있으며, 검은 용들을 당혹스러운 눈으로 쳐다보고 있었다.

검은 용은 브륀힐드에게 인사하듯 머리를 숙였다.

『나쁜 마음을 품고 있는 자는, 검은 용이 된답니다.』라고 브륀힐드는 말했지만, 그것은 거짓말이다.

건넨 비늘에 브륀힐드의 타액이 묻었는지 아닌지에 따라, 검은 용이 될지 하얀 용이 될지 정해진다.

브륀힐드의 타액에는 조금이나마 지혜의 열매 성분이 있다. 그 성분은 용으로 변신한 후에도 지성을 유지하도록 작용한다.

하지만 타액이 묻지 않은 비늘을 섭취하면, 그자는 비늘의 주인에게 예속되는 검은 용이 된다. 지혜의 열매의 가호가 없기에, 지성을 유지하지 못한 것이다. 검은 용은 주인의 말만 따르는 노예다.

『하얀 용이 된 여러분, 신께서는 마음이 깨끗한 여러분을 선택하셨답니다. 검은 용이 된 자들의 행실을 떠올려 보세요. 평소에도 신께 부끄러운 행동을 하지 않았나요? 경건한 신도는 아니지 않았나요?』

비겁한 질문이었다. 언제 어디서나 경건한 신도일 수 있는 인간은 존재하지 않는 것이다.

하지만 하얀 용들은 브륀힐드의 질문이 비겁하다는 사실을 눈치채기는커녕, 오히려 납득했다. 비겁한 질문이라는 사실을 눈치챌 수 있는 인간은 전부 검은 용이 됐다.

인간일 때부터 신을 맹신했던 데다, 지금은 '신에게 선택받았다'는 우월감이 하얀 용이 된 자들에게서 '진정한 지성'을 빼앗았다.

(역시 하얀 용이 된 것 중에는…… 젊은 인간이 많은걸.)

브륀힐드는 마음속으로 중얼거렸다.

브륀힐드가 모든 신도를 검은 용으로 만들지 않은 데는 다 이유가 있다.

검은 용은 브륀힐드에게 지배를 받는다. 하지만 지성이 없기에, 복잡한 지령에 따르지 못한다. 인간을 습격하라고 하면 그 말에 따르겠지만, 상황에 맞춘 판단을 내리지 못한다. 새로운 명령을 받을 때까지, 인간을 계속 공격하기만 하리라.

브륀힐드에게는 필요했다.

맹목적으로 자신을 믿고, 세세한 지시에 따르는 장기말이.

용의 딸이 그때 생각하고 있던 작전…….

그날 밤, 실행에 옮길 연극에서는…….

자신을 죽이지 않고 빈사 상태로만 만드는 '힘 조절'이 중요했다.

브륀힐드는 이야기를 마쳤다. 병실의 창문을 통해, 석양이 스며들어 오고 있었다.

이해하는 데는 시간이 걸렸다. 그것은 그녀가 말해 준 내용을 이해할 수 없어서가 아니라, 인정하고 싶지 않아서라고 시구르드는 생각했다.

"그렇다면…… 뭐야……?"

시구르드는 겨우 입을 열었다.

"도시 사람들을…… 네가 죽였다는 거야?"

"그렇다."

"거짓말하지 마. 그때, 네가 말했잖아. 도시 사람들을 지켜달라고 내가 부탁했을 때, 승낙했었잖아."

"그런 적 없다. 소위로서 소임을 다하겠다고 말했을 뿐이지."

"아무 생각도 안 든 거야? 관계없는 사람들이 잔뜩 휘말렸다고."

"안 들었다. 관계없는 사람들이니까. 목적을 달성하기 위해서라면, 몇 번이든 같은 방법을 쓸 거다."

"그렇다면 나는 왜 구해준 건데!"

의자가 탁 쓰러졌다. 벌떡 일어선 시구르드는 브륀힐드의 멱살을 잡았다.

"나를 그냥 죽게 내버려 두면 됐잖아! 내가 죽든 살든, 네 목적하곤 관계없어! 그러니 나를 구해줄 이유가 없다고!"

"너는 특별해."

시구르드는 눈을 부릅뜨고 그대로 굳어버렸다.

특별하다. 그렇다. 그녀는 그렇게 말했다.

만약, 만약 브륀힐드가, 예를 들어서 자신을 친구로 여긴다면.

(말이 통할지도 몰라.)

친구라면.

하지만…….

"너한테는 이용 가치가 있다."

소녀의 말을, 소년은 전혀 예상하지 못했다.

"원수의 아들이니까. 내 추측이 올바르다면, 그 남자가 진정으로 소중하게 여기는 건 내가 아니라 너다. 이용할 방법이라면 얼마든지 있다. 그 남자를 죽일 비장의 카드가 될 수도 있겠지. 중요도만 본다면 작스 이상이다."

——그래서 구해준 것이다.

"네가 있는 다리에 다가가지 말라고, 용들에게 지시를 내렸다."

소녀는 얼음 비수처럼 날카로운 말로, 시구르드를 공격했다.

"너와 있으면 즐거웠다. 본심을 털어놓을 수 있어서 마음도 편했지. 그런 것에 의지한 나에게도 잘못이 있어. 그러니 이쯤에서 끝내겠다."

소녀는 말을 이었다.

"전에도 말했다시피. 나는 분명, 너에게 깊은 상처를 줄 거다."

이미 상처를 줬을지도 모른다며, 소녀는 고개를 숙이며 말했다.

"두 번 다시, 나와 얽히지 마라."

해가 지고 있었다. 거의 다 저문 뒤, 시구르드는 입을 열었다.

"싫어."

소녀는 소년을 흘겨봤다.

"내 말을 이해하지 못한 것이냐? 인간의 말은 참 불편하구나. 그렇다면 더 알기 쉬운 예를 들도록 하지. 만약 너를 죽여서 그 남자를 죽일 수 있는 상황이 벌어진다면, 나는 주저하지 않고 너를 죽일 거다. 나는 동정도, 우정도 느끼지 않는다. 그것만이 나에게 남겨진 유일한 목적이니까……."

"넌 머리가 좋은데도 바보구나." 하고 소년은 소녀의 말을 끊었다.

"뭐……?"

"동정도 우정도 안 느껴? 그렇다면 왜 나를 멀리하려는 건데?"

시구르드는 그 말만으로도 충분히 설명됐다고 생각했지만, 소녀는 미간을 찌푸릴 뿐이었다.

"그 남자를 죽이기 위해서라면, 나는 그 어떤 수단도 쓸 것이다. 너도 예외는 아니지. 이용할 가치가 있다고 판단되면, 나는 인정사정없이……."

"그 말 자체에서 인정사정이 넘치거든? 나한테 상처를 주고 싶지 않으니까, 그런 소리를 하는 거라고. 자기가 얼마나 앞뒤가 안 맞는 소리를 하는 건지, 모르겠어?"

그렇게까지 말해 주자, 브륀힐드는 겨우 이해한 것 같았다. 화들짝 놀란 표정을 지은 후, 부들부들 떨면서 말했다. 양손으로 얼굴을 감싸더니, 잠꼬대하듯 중얼거린다.

"아니, 말도 안 된다. 내가……? 하필이면 내가, 그럴 리가……."

"나는 내일도 여기에 올 거야."

소녀는 멋쩍은 표정을 지으며 시선을 돌리더니, 창밖을 쳐다봤다. 마침 태양이 완전히 가라앉았다.

"면회 시간이 끝났다! 돌아가라!"

소년을 말로 이기지 못한 소녀는 감정적인 투로 그렇게 외쳤다. 태어나서 처음으로, 소녀는 말로 이기지 못했다.

다음 날에도 시구르드는 브륀힐드를 병문안하러 갔지만, 간호사의 제지로 병실에 들어가지 못했다. 면회할 수 없는 이유를 설명하며 말끝을 흐리는 간호사를 보면, 브륀힐드가 간호사에게 시구르드를 병실에 들이지 말라고 부탁했다는 것을 한눈에 알 수 있었다.

브륀힐드의 면회가 허가되고 얼마 지났을 즈음의 일이다.

노벨란트 제국 최남단에 있는 항구 도시 엘베르그에는 캐논포가 탑재된 군함과 호위함이 정박해 있었다.

어느 에덴의 공략에 성공한 시기베르트 준장의 함대가 물자를 보급하고 '에덴의 재'를 육군에 전달하기 위해 이 항구에 들른 것은 일주일 전 일이다. 원래 용건은 3일 전에 완료됐다.

시기베르트 준장은 이미 3일이나 이곳에 발이 묶여 있었다. 친구인 작스 대령에 의해서.

군함 프레데군트의 어느 방에서, 작스는 시기베르트와 대치했다.

"그만해. 나는 수도로 돌아가지 않아."

시기베르트는 딱딱한 어조로 말했다.

"딸이 중상을 입었다고. 너는 그 애의 아버지잖아!"

격앙된 작스의 모습은 시기베르트와 대조적이었기에, 어느 쪽이 브륀힐드의 아버지인지 착각할 지경이었다.

 "그 애는 너와 만나고 싶댔어! 왜 만나주지 않는 거야!"

 "나는 그 아이를 딸로 생각하지 않아."

 "작작 좀⋯⋯!"

 작스가 당장에라도 덤벼들려고 하자, 시기베르트는 손을 들어 보이며 제지했다.

 "내 말을 끝까지 들어."

 시기베르트는 자신과 브륀힐드가 혈연관계라는 사실을 부정할 생각은 없었다. 손목의 문신이 혈연관계를 증명하기 때문이다. 그가 말하고 싶은 건 다른 이야기다. 자신과 브륀힐드는 전혀 교류하지 않으며 16년 동안 살았다. 시기베르트는 브륀힐드에게 애정이 없으며, 그것은 상대방도 마찬가지라고 여겼다.

 "그 자식이 나를 아버지로 여겨서 만나려고 한다는 게⋯⋯ 나는 믿기지 않아."

 "논리적인 생각을 떠나서⋯⋯ 끈끈한 정으로 이어지는 게 부모 자식이란 관계잖아."

 "⋯⋯⋯⋯⋯."

 시기베르트는 생각에 잠겼다.

 논리적인 생각을 떠나서, 끈끈한 정으로 이어져 있다.

 시기베르트는 누구에게도 그런 것을 느낀 적이 없다. 자기 가족에게서도, 친구에게서도, 태어나서 지금까지 느껴본 적이 없다.

 시기베르트는 작스를 친구로 여기며 좋아하지만, 그것은 오랜 세

월 동안의 교류라는 토양에서 비롯된 것이다.

(부모 지식이, 그런 초현실적인 감정으로 이어진 관계일까?)

부모 자식의 정이 올바른 방향으로 작용한다는 생각에 대해 시기베르트는 회의적이지만, 무작정 부정할 만큼 사고회로가 딱딱하지는 않았다. 부모, 특히 어머니는 자식을 위해 강해질 수 있다. 그런 사례라면 적지 않다.

브륀힐드는 여자다. 여성 특유의 강한 감수성을 통해, 자신에게 강한 정을 느낄 가능성이 전혀 없다고는 생각하지 않지만…….

그래도…….

"수도에 돌아가진 않아."

만약 다른 딸이 그런 말을 했다면, 정에서 비롯됐을 가능성을 부정하지 않았을지도 모른다.

시기베르트의 머릿속을 스친 건, 병원에서 자신을 노려보던 브륀힐드의 얼굴이다. 거기에는 이 세상 전체를 증오하는 듯한 원념이 서려 있었다.

그런 표정을 짓던 자가, 자신에게 정을 느낄 리가 없다.

"그 아이는 나를 죽이려고 해."

"처음에는 그랬을지도 몰라. 하지만, 그 애는 변했어. 늑대에게 길러진 여자애와 마찬가지야."

작스가 이토록 말하는데도, 시기베르트는 고개를 끄덕이지 않았다.

"네가 정 돌아오지 않는다면……."

작스는 화난 듯이 주먹을 부들부들 떨며 말했다.

"나한테도 생각이 있어. 너는 나에게 그 애를 맡겼잖아. 그러니 나는 브륀힐드의 편을 들겠어."

"마음대로 해. 나는…… 너에게 그 아이를 맡겼으니까 말이지."

아무래도 작스는 브륀힐드에게 홀린 것처럼 느껴졌지만, 시기베르트는 그 점을 지적하지 않았다.

시기베르트는 전투와 전략에 있어서는 천재적이지만, 인간관계 구축에 있어서는 절망적이며, 본인도 그것을 잘 알고 있다.

진짜로 작스가 브륀힐드에게 홀린 것이라면, 자신의 말로는 어찌할 수 없다고 판단했다.

(만약 작스가 그 여자를 회유했다면, 발뭉을 떠넘길 수도 있었을 텐데……)

시기베르트의 의도는 완전히 실패한 것 같았다.

"그리고…… 이건 사심을 떠나서 이야기해주는 건데, 민간인과 군의 높으신 양반들도 네가 수도로 돌아오기를 원해."

"습격 사건 탓이겠지."

"맞아. 수도를 습격한 용 중에서 8할은 죽였지만, 2할은 도망쳤어. 다들 두려움을 느끼고 있어. 도망친 용에게 또 습격받을지도 모른다는 불안 속에서 살고 있지. 사람들에게는 지금이야말로 드래곤 슬레이어가 필요해."

"그건, 이제부터 가는 섬도 마찬가지야."

자원쟁탈전에서 다른 나라에 밀릴 수는 없다.

노벨란트는 자원이 모자라며, 국토 또한 빈약하다. 다른 나라보다 앞서는 점은, 용을 죽일 수 있다는 것뿐이다. 용이 지키는 섬에덴, 그곳에 있는 에너지를 다른 나라보다 먼저 확보한 덕분에 노벨란드는 열강에 이름을 올릴 수 있었다.

시기베르트가 수도로 돌아가는 것은 명백한 국가적 손해다. 게다가 수도의 국민을 안심시키는 것이 구체적인 이득이 된다고는 생각할 수 없었다.

용이 언제 습격할지, 애초에 다시 습격할지도 알 수 없다. 도망친 용들을 추적하지도 못했으니, 이쪽에서 먼저 공격할 수도 없다.

"용이 다시 습격할 때까지…… 나를 수도에 머무르게 할 작정이냐? 한두 달로 끝나지 않을지도 모르겠는데."

"민간인의 목소리만이라면, 무시할 수 있을지도 모르지. 아니, 이번에는 그것도 어려울 테지만……."

용에 대한 공포가 사람들에게 깊이 새겨졌다. 그리고 그것은 아직도 수도로 돌아오지 않는 드래곤 슬레이어를 향한 불만으로 변하고 있다. 습격에 대비해 도시에는 특별 경계 태세가 발령됐지만, 그것이 사람들의 긴장을 조장하고 있다.

"군 상층부와 정치가, 성직자들도 수도 방비를 주장하고 있어. 그놈들은 자기 목숨이 가장 아까운 것 같거든. 그들 모두의 요구를 거부하는 건, 아무리 너라도 무리일 거야."

"그렇겠지."

시기베르트는 입을 다물었다. 그가 한참 동안 침묵하자, 작스는 드디어 설득에 성공했다고 여겼다.

하지만…….

"즉…… 수도에 용을 격퇴할 힘이 있으면 되는 거지?"

"그래. 그러니 네 힘이……."

"내가 돌아가지 않더라도…… 수도에 용을 상대할 힘을 지니게 할 수 있어."

시기베르트의 삼백안이 작스를 향했다.

"작스."

"왜?"

"너는, 내 친구인가?"

"뭐? 갑자기 무슨 소리를……."

"대답해 줘."

"당연하잖아. 나와 너는 친구야."

"그래."

작스는 시기베르트가 던진 질문의 의미를 이해하지 못했다. 하지만, 이 확인 작업은 의사소통을 어려워하는 시기베르트에게 중요한 의미를 지녔다.

"너를 친구로 믿고, 부탁하겠어."

시기베르트는 눈을 감았다.

한동안 그런 후, 이윽고 결심한 것처럼 눈을 떴다.

"내 자식에게 발뭉을 다루는 법을 가르쳐 주겠어. 너도…… 알게 되겠지. 발뭉이 대포의 이름도, 대검의 이름도 아니라는 걸……."

시기베르트는 목에 걸고 있던 펜던트를 벗더니, 그것을 작스에게 건네줬다.

눈물 형태를 한, 새빨간 루비처럼 보였다.

"보석처럼 생겼지만…… 실은 저택 지하실의 열쇠야. 발뭉은 거기 있어. 접촉하면······ 자연스럽게 다룰 수 있게 되지. 우리 가문의 피를 이어받은 자라면······."

"브륀힐드를 거기에 데려가면 되는 거지?"

"아니야. 데려갈 사람은 시구르드야. 그 여자에게는 비밀로 해."

작스가 비난하는 듯한 눈길로 시기베르트를 바라봤지만, 그는 무시하며 말을 이었다.

"시구르드가 발뭉을 이어받아서 용으로부터 수도를 지킬 거야. 그러면 불만도 사그라들겠지."

"그건, 그렇지만······."

그런 시기베르트의 미간이 찌푸려졌다. 그리고 그는 중얼거렸다.

"가능하면······ 그 아이에게 물려주고 싶지 않아."

"그렇게 그 아이를 멀리할 건 없지 않아?"

두 사람이 말한 '그 아이'는 치명적으로 달랐다.

"슬슬 출항하겠어. 나는 내 임무를 다하지······. 내가 할 수 있는 건 그것뿐이니 말이야."

배에서 내린 작스는 이를 갈며 배웅했다. 딸을 봐주지도 않으며, 새로운 자원을 손에 넣고자 용을 죽이러 가는 친구를······.

용의 딸은 인간보다 빨리 회복됐다.

입원하고 한 달 후, 드디어 퇴원 허가가 내려졌다.

브륀힐드의 퇴원에 맞춰, 신문기자가 몰려들 것으로 예상됐다. 그래서 언제 퇴원하는지는 공개하지 않았으며, 퇴원할 때는 병원 뒷문을 이용했다. 처음 국군 병원을 퇴원할 때와 같은 방식을 취한 것이다.

그런데도 불구하고 브륀힐드의 퇴원날짜를 정확히 파악한 신문기자들이 병원 뒷문에서 대기하고 있었다. 병원 내부의 누군가가 신문기자들에게 정보를 흘린 것이 틀림없다.

뒷문에서 수많은 기자에게 둘러싸인 브륀힐드는 질문 공세를 받았다.

지크프리트 가문의 시종이 기자들로부터 브륀힐드를 지키려 했다. 하지만 그들을 제지한 브륀힐드는 빙그레 웃으며 질문에 답했다.

"소위로서 책임을 다했을 뿐입니다.", "칭찬받을 일은 아닙니다.", "민간인을 지키는 것이 군인의 소임입니다.", "지크프리트 가문의 사람으로서 당연한 행동입니다."

그녀의 대답은 하나같이 군인으로서, 그리고 지크프리트 가문의 영애로서 모범적이었다.

그리고 모범적이었기에, 기자들로서는 영양가가 없었다.

그래서 기자는 더 노골적인 질문을 던졌다.

"용이 무섭지는 않았습니까?"

드디어 왔다고, 용의 딸은 생각했다.

그래서 막힘없이 대답한 이제까지와 다르게 말문이 막힌 듯한 반응을 보였다.

기자들은 자기들이 원하는 반응을 얻어냈다고 여겼다.

한순간 말을 멈춘 후, 소녀는 "무섭지 않았습니다."라고 아까보다 작은 목소리로 말했다.

그 후로 기자들은 몰아치듯 질문을 퍼부었다.

"정말 무섭지 않았습니까?", "드래곤 슬레이어로서 실력이 부족하다고 느끼지 않았나요?", "진정한 드래곤 슬레이어였다면, 피해를 더 줄일 수 있지 않았을까요?", "아버님에 대해 어떻게 생각합니까?", "아버님이 계셨다면, 같은 생각은 안 했나요?"

그렇듯 비슷비슷한 질문에, 브륀힐드는 한마디 말로 답했다.

어깨를 부들부들 떨고, 두 손으로 얼굴을 감싸며 내놓은 "죄송해요."라는 말로.

그 말에 기자들이 얼마나 많은 의미를 제멋대로 부여할지, 그녀는 잘 이해하고 있었다.

슬픈 척하는 용의 딸의 뇌리를, 그리운 목소리가 스쳐 지나갔다.

『지혜의 열매를 먹는 건 죄가 아니야. 열매를 먹고 얻은 지혜로, 타인에게 해를 입히는 게 죄인 거지.』

그래서, 딸은 정말 슬퍼졌다.

「드래곤 슬레이어의 여신, 기적의 생환.」

「퇴원 후에 흘린 눈물의 이유.」

「드래곤 슬레이어, 실은 또래와 비슷한 평범한 소녀.」

「부재중인 아버지를 대신해, 비장한 결의.」

「갸륵한 딸을 방치하는 냉혹한 아비.」

멋대로 써 갈긴 제목의 기사가 넘쳐났다.

평소 같으면 군에서 압박하겠지만, 이번에는 그러지 않았다. 브륀힐드를 자기 딸처럼 여기는 육군 대령이 보도를 허가한 것이다.

　브륀힐드가 흘린 눈물.

　그 '진짜 이유'를 아는 건, 니벨룽겐에서 한 명뿐이다.

　시구르드 지크프리트.

　아침 식사 시간에 신문을 본 순간, 시구르드는 현기증을 느꼈다. 브륀힐드가 아닌데도, 빵을 씹는 데 모래를 씹는 것만 같았다.

　솔직히 말해, 시구르드는 어쩌면 좋을지 알 수 없었다. 매일 병원에 찾아갔지만, 퇴짜를 맞았다. 브륀힐드는 어제 저택으로 돌아왔지만, 방문을 잠근 탓에 들어갈 수 없었다. 평소 같으면 열어놓는 점심시간에도 문을 잠가둔 것이다.

　(걔를 막아야 해.)

　시구르드에게 브륀힐드는, 처음 생긴 친구였다. 성격이 불같은 그에게는 사람들이 다가오지 않았다. 가문을 이용해 먹으려고 몰려드는 똘마니만 있을 뿐이다.

　브륀힐드는 자신의 아버지를 죽이려 한다. 죽이려 할 만한 이유가 있었다. 하지만 아버지가 죽는 건 싫다.

　가능하다면, 브륀힐드가 복수를 그만두길 바란다. 엘리트 장교로서 군의 간부가 되어도 이제는 질투하지 않을 것이며, 아버지에게서 드래곤 슬레이어를 물려받더라도 시샘하지 않을 것이다. 그러니, 아버지와…… 화해하긴 어렵더라도, 죽이는 것만은 관뒀으면 한다.

　만약 브륀힐드의 살해 계획이 실패한다면, 아버지는 그녀를 군법

재판에 부쳐서 처형할 것이다.

(두 사람 다 살아줬으면 해.)

그것이 열일곱 살 소년 시구르드의 절실한 소망이었다.

하지만 시구르드는 열일곱 살 소년에 지나지 않기에, 해결 수단이 없었다. 아니, 본인의 연령은 상관없으리라.

(아무리 생각해 봐도, 설득으로 해결될 문제가 아니야.)

브륀힐드의 속에서 타오르는 복수의 불꽃은 격렬하기 그지없다.

시구르드가 말릴 수 있을 만큼 만만한 것이 아니다. 애초에 그 목적을 이루기 위해 수많은 인간을 희생시켰다. 브륀힐드가 일으킨 습격 사건의 사망자는 54명, 부상자는 300명이 넘는다. 게다가 그 부상자에는 본인도 포함되어 있다. 자신을 생사의 경계에 몰아넣으면서까지 목적을 달성하려 하는 자를 어떤 말로 설득해야 할지, 시구르드는 알지 못했다.

고민하는 사이에 오전이 흘러갔다. 어느새 시곗바늘은 오후 3시를 가리키고 있었다.

시구르드의 방문을, 누군가가 두드렸다.

브륀힐드일지도 모른다는 생각에 긴장했지만, 문을 두드리는 방식이 달랐다. 그녀는 조신하게 노크하지만, 방금 노크는 강렬했다.

"들어오세요."

들어온 사람은 작스 대령이었다.

시구르드 하사는 자리에서 일어나, 몸을 꼿꼿이 펴고 경례했다.

"편하게 있어. 오늘은…… 군과 관련된 일로 찾아온 게 아니야."

하지만 시구르드는 자세를 풀지 않았다.

작스는 문을 닫았다.

"네 아버지에게 부탁받았거든."

작스는 루비 펜던트를 호주머니에서 꺼냈다.

그날 저녁, 시구르드는 브륀힐드의 방으로 향했다. 노크도 하지 않고 문을 열려고 했다. 잠겨 있었지만, 방금 얻은 '힘'을 이용해 문을 억지로 열었다.

브륀힐드는 인상을 쓴 채 식사를 처리하고 있었다.

소녀는 놀란 얼굴로 시구르드를 쳐다봤다. 하지만 곧바로 표정을 굳혔다.

"두 번 다시 나와 얽히지 말라고 했을 텐데……."

시구르드는 그 말을 무시하고, 브륀힐드가 있는 곳으로 성큼성큼 걸어갔다.

시구르드는 의자에 앉은 소녀를 내려다봤다. 마치 위압하듯이.

소녀는 붉은 눈동자로 시구르드를 올려다봤다.

"발뭉을 손에 넣었어."

강한 어조로 말했다.

"아버지가 정식으로 나를 후계자로 삼았어. 네가 아니라, 나를."

나는, 용을 죽이는 자가 됐다.

"시기베르트 준장은 이곳에서 한참 떨어진 항구에 있을 텐데? 어떻게 계승의 의지를 확인한 거지?"

"작스 대령님께서 아버지의 뜻을 전해 주셨어."

"그랬군."

브륀힐드는 미소를 지었다.

"잘됐는걸. 아버지에게 인정받는다는 꿈이 이뤄진 건가. 부러워. 나는 한 번도 인정받지 못했으니까……."

그 목소리에는 적의가 없었고, 또한 쓸쓸함이 묻어났기에…….

한순간, 시구르드는 넋이 나갈 뻔했다.

하지만 되도록 낮은 목소리로 말을 이었다.

"나는, 너보다 강해졌어."

되도록 무시무시한 목소리로. 협박하듯이.

"발뭉은 네가 생각하는 그런 게 아니야. 네 상상보다 훨씬 강력해. 발뭉을 쓰는 나를, 너는 이길 수 없어."

"그 발뭉의 정체를 가르쳐 준다면, 내 계획도 꽤 수월해질 것 같은데 말이다."

"가르쳐 줄 리가 없잖아."

겨우 손에 넣은 우위성을 양보할 생각은 없었다.

"단언하겠어. 이건 거짓말이 아니야. 발뭉이 있는 한, 너는 나한테도, 아버지한테도 못 이겨. 이건 협박이 아니야. 그러니까……."

아버지를 죽이려는 걸 그만둬.

이제까지 고압적이었던 목소리가, 애걸하는 것처럼 약해졌다.

"네가 얼마나 힘든 일을 겪었는지…… 이해한다는 말을 함부로 할 마음은 없어. 아마 나는 상상조차 못 할 거야. 그래도 그만둬 줬으면 해. 나는 너도, 아버지도 죽는 걸 원하지 않아. 네가 나쁜 짓을 하는 모습도 더는 보기 싫어. 네가 아무리 심한 짓을 당했더라도,

복수하고 싶더라도…… 거기에 휘말려서 사람이 죽어 나가는 게 옳을 리 없어."

말하고 싶지 않지만, 말할 수밖에 없다.

"시간이…… 시간이 흐르면…… 너도…… 분명……."

하지만 역시 끝까지 말하지는 못했다.

그래서 뒷말은 브륀힐드가 이어받았다.

"그래. 시간이 치료해 주겠지."

소녀는 자신이 입은 군복의 단추를 향해 손을 뻗었다.

단추를 하나씩, 끌렀다.

소녀는 군복 상의의 오른쪽 소매에서 팔을 뺐다.

브륀힐드는 군복 안에 비단으로 된 민소매 캐미솔 원피스를 입고 있었다. 그래서 오른쪽 어깨에서 팔까지가 완전히 드러났다.

소녀의 오른팔은, 새하얀 비늘에 뒤덮여 있었다.

눈을 치켜뜬 시구르드에게, 브륀힐드가 말했다.

"시구르드, 잘 봐라."

"안 봐도 알아. 네 오른팔은……."

"그게 아니다. 봐라, 시구르드."

시구르드는 머뭇거리며 고개를 들었다.

브륀힐드는 왼손 검지로, 오른팔의 어깻죽지를 가리켰다.

"원래는 여기까지 비늘이 있었다."

그리고 검지를 오른 팔꿈치로 이동시켰다.

"반년 만에, 여기까지 치료됐지."

한때는 어깨까지 뒤덮었던 비늘이, 지금은 팔꿈치까지만 있다.

인간의 재생능력은 참 무시무시하다고, 소녀는 비아냥거리듯 웃었다.

"병원에서 그 남자와 이야기하고 결심했다. 아버지의 원수는, 이 오른손으로, 내 아버지의 손으로 해치우겠다고 말이다. 그러니 나에게는 시간이 없다. 비늘을 잃기 전에, 그 녀석을 죽여야 해."

이 소녀는, 흉터를 통해서도 자신의 아버지를 느끼고 있었다.

시구르드는 시선을 주위로 돌렸다. 브륀힐드를 설득할 재료가 없는지 찾았다.

문득, 책장에 꽂힌 책 한 권이 시구르드의 눈에 들어왔다. 난해한 서적 사이에 섞여 있는 그 책은 매우 눈길을 끌었다.

늑대에게 길러진 소녀 이야기가 실린 책이다.

시구르드가 무엇을 보고 있는지, 브륀힐드도 눈치챘다.

그 그림책을 본 순간, 시구르드는 조금 안심했다.

노벨란트 제국의 인간이라면, 누구라도 그 이야기를 안다.

늑대에게 길러진 소녀는, 사냥꾼에게 거둬져서 인간 세상에 오게 된다. 그런 늑대 소녀는 처음에는 힘들어하지만, 우여곡절을 겪은 끝에 인간과 친해져서 행복한 결말을 맞이한다.

(이 책을 가지고 있다는 건…….)

분명 브륀힐드도 마음속 깊은 곳으로는 늑대 소녀처럼 행복해지기를 바라는 것이 아닐까.

나에게만 본심을 이야기하는 소녀.

처음에는 마음에 들지 않는 아이라고 여겼지만, 평범하게 웃을 줄 알고, 재미없지만 농담도 한다. 의외로 겁이 많으며, 레이션 같은 걸

받고 기뻐하는 괴짜다. 말투는 오만한 느낌이지만…… 귀여운 구석도 있다는 것을 요즘 들어 알았다.

그런 아이가…… 아무리 아버지의 원수라고 해도 살인을 좋다고 생각할 리가 없다. 사실은 죽이고 싶지 않을 것이다. 습격 사건에 민간인이 휘말린 것도, 그 방법밖에 없어서다. 가능하다면 누구도 상처 입지 않기를 바랄 게 틀림없다.

"그래. 시구르드, 너는 그 이야기를 그런 식으로 받아들인 거냐."

여전히 상대의 마음을 꿰뚫어 보는 듯한 투로 말했다.

"인간이라면 그렇게 받아들이는 게 올바르겠지. 작가도 그걸 의도해서 쓴 이야기일 테니 말이다. 나는 그 책을 읽고, 울었다. 인간의 나라에 와서 처음으로, 울었지."

——무서워서, 울었어.

"늑대에게 길러진 소녀는, 시간이 흐르면서 사냥꾼에게 사살당한 부모를 잊고, 인간에게 귀화해. 아무리 강한 마음도, 풍화되어 사라지는 걸 피할 수 없다는 사실을, 나는 그 책을 읽고 배웠다."

브륀힐드가 그 책을 읽은 시점은, 인간과 달랐다.

"두 번 다시 읽지 않기로 결심했다만, 교훈 삼아 방에 뒀다. 이 나라에 온 지 여섯 달밖에 안 됐지만…… 벌써 떠올리기 어렵다. 눈을 감고서 아버지의 모습을 떠올리려고 해도…… 어렴풋해."

그건 나도 마찬가지이며, 모두가 그럴 것이라고 시구르드는 생각했다.

아버지의 얼굴을 상세하게 떠올려 보란 말을 듣고, 세세한 부분까지 떠올릴 수 있는 사람은 없을 것이다.

하지만 그 말을 입 밖에 꺼내도, 소녀의 결의는 바뀌지 않으리라.

시구르드가 아버지의 얼굴을 떠올리지 못하는 것과 브륀힐드가 아버지의 얼굴을 떠올리지 못하는 것은, 같은 현상일지라도 의미하는 바가 명백하게 달랐다.

애초에 아무리 말솜씨가 좋은 녀석이라도 이 아이에게 말싸움으로 이기지는 못할 것이라고 시구르드는 생각한다. 무시무시할 정도로 머리가 좋은 여자다.

그렇기에 힘으로 증명할 수밖에 없다.

"네가 아버지를 죽이는 건, 내가 가만두지 않겠어. 하지만 나는 너를 죽이지 않을 거야. 마음만 먹으면 너를 죽일 수 있겠지만, 그것만은 절대로 안 해. 반죽음 정도로 봐주겠어. 하지만, 내가 그런 짓을 하게 만들지 마. 만들지 말라고."

시구르드는 내뱉듯이 그렇게 말한 후, 방에서 나갔다.

방을 나서는 그의 손에는, 레이션이 쥐어져 있었다.

(브륀힐드가 내 협박에 겁먹는다면…… 사과하는 겸 주려고 했는데…….)

레이션 케이스를 힘껏 움켜쥐었다.

소녀의 붉은 눈에 어린 불꽃은 전혀 흔들리지 않았다.

그날 밤에는 비가 내렸다. 인도에 뚝뚝 떨어져서 바닥을 적셨다.

작스는 서재에서 책을 읽고 있었다. 시곗바늘은 한밤중이라고 해도 과언이 아닌 시간을 가리키고 있었다. 슬슬 잠자리에 들어야겠다고 생각했을 때, 집사가 찾아왔다.

저택 앞에서 우산도 쓰지 않고 서 있는 사람이 있다고 한다.

그런 수상한 자는 빨리 쫓아내라고 집사에게 명했지만, "하지만……." 하고 말한 집사의 표정이 흐려졌다.

"보아하니 저택 앞에 있는 분은 지크프리트 가문의 영애인 듯합니다."

집사를 물러나게 한 작스는 직접 현관으로 갔다.

문을 열자, 브륀힐드가 서 있었다. 우산도 쓰지 않고서. 빨간 군복이 흠뻑 젖어 있었다. 브륀힐드의 얼굴 또한 비와는 다른 액체에 젖어 있었다.

"무, 무슨 일이니……?!"

이런 시간에, 내 집에, 저런 얼굴로, 대체 왜 온 것일까.

소녀는 빨개진 얼굴로 훌쩍이기만 할 뿐이었다.

"아무튼, 안으로 들어오렴. 그러다간 감기에 걸릴 거야."

브륀힐드가 샤워하는 사이, 작스는 직접 데운 우유를 준비했다. 집사가 아니라 하녀를 고용할 걸 그랬다고 작스는 생각했다. 샤워를 마치고 나온 그녀를 어떻게 대하면 좋을지 모르겠다. 입힐 옷도 없다. 이성과의 관계를 스물네 살 이후로 관둔 작스의 집에 여자 옷이 있을 리가 없다.

어쩔 수 없이, 자신의 투박한 잠옷을 준비했다. 그것 말고는 다른 방법이 없었다.

잠시 후, 브륀힐드가 작스의 방에 왔다.

브륀힐드는 잠옷 상의만 걸치고 있었다. 바지는 입지 않았다. 작스의 잠옷은 브륀힐드에게 너무 커서, 헐렁한 원피스 같았다. 삭ㄴ 새하얀 무릎이 보였다.

"바지는……?"

"죄송합니다. 모처럼 준비해 주셨는데…… 저기, 너무 커서…… 고무가 헐렁한 바람에……."

하긴, 그럴 것이다. 그것까지는 미처 생각이 미치지 못했지만.

브륀힐드의 가느다란 허리와 자신의 배를 생각하면, 그럴 만했다.

"큰일인걸……. 이 집에는 내 옷밖에 없는데……."

"괜찮습니다. 봐주세요."

브륀힐드는 그 자리에서 빙글 돌았다. 머리카락에 남은 물방울이 반짝이면서 사방으로 튀었다. 그녀가 입으니, 투박한 남성용 잠옷조차 예쁜 드레스처럼 보였다.

다시 멈춰선 브륀힐드는 부드러운 미소를 머금었다. 작스의 눈에는 꽃의 여신처럼 보였다.

"어때요? 괜찮죠?"

"그래……."

자연스럽게 표정이 누그러졌다.

처음 만났을 때만 해도, 섬뜩한 소녀라고 여겼다.

자신을 관찰하는 듯한, 붉은색의 어두운 눈동자가 기분 나빴다.

하지만, 지금은 이런 표정을 짓게 됐다.

"게다가 대령님 옷에서는 왠지 그리운 냄새가 나서 안심이 돼요."

"그리운 냄새……?"

"에덴에서 지내던 시절의……. 저를 길러 준 아버지가 살아 있던 시절의……."

브륀힐드는 말끝을 흐렸다.

(어쩌면, 이 아이는 나를…….)

한순간 그런 생각이 작스의 뇌리를 스쳤지만, 바로 떨쳐냈다. 너무 자기한테 유리하게만 생각한 것이라고 냉정하게 판단을 내린 것이다.

"데운 우유를 준비했어. 이걸 마시면 좀 진정될 거야."

작스는 우유를 권한 후에 물었다.

"그런데…… 이런 시간에 무슨 일이야? 뭔가 문제라도 생겼어?"

브륀힐드는 양손으로 컵을 감싸듯이 들었다. 마치 다람쥐 같아 보였다.

그녀는 김이 피어오르는 우유를 쳐다보기만 할 뿐, 입을 대지는 않았다.

"아뇨, 아무 일도 아닙니다. 우연히 대령님의 자택 앞을 지나던 중이었죠."

"그럴 리가 없잖아."

작스는 빗속에 멍하니 서 있는 그녀의 모습을 목격했다.

"울고 있었지?"

반론하지 못하는 것 같았다.

"말해 주지 않겠어? 내가 힘이 되어줄 수 있을지도 몰라."

그래도 브륀힐드는 입을 열지 않았다.

작스는 사람의 표정을 통해 마음을 읽는 능력에 자신이 있었다.

오랜 경험이 뒷받침된 기술이다. 그 능력에 따르면, 현재 브륀힐드는 남에게 폐를 끼쳐선 안 된다고 생각하는 표정을 짓고 있었다.

"일전에 병원에서 내가 말했잖아?"

작스는 온화한 어조로 말을 이어갔다. 브륀힐드를 안심시키고 싶었다.

"의지해도 되냐고, 나한테 물었었지? 나는 물론이라고 답했어. 지금도 그 마음에는 변함없거든. 폐가 된다고 생각하지 마. 얼마든지 기대 줬으면 해."

소녀는 고개를 슬며시 들더니, 무심코 말하는 듯한 투로 "대령님……"하고 중얼거렸다.

"어째서일까요……. 저는 대령님 앞에선, 어린애가 되어버리는 것 같아요."

"실제로 아직 어린애잖아. 그러니 말해 보렴."

그래도 소녀는 망설이는 것 같지만, 이윽고 머뭇머뭇 이야기를 시작했다.

"시구르드 하사가…… 드래곤 슬레이어가 되었다고 들었어요. 정식으로 시기베르트 준장님의 후계자로 인정받았다면서요?"

작스는 가슴이 옥죄어드는 느낌을 받았다.

"괜찮아요. 당연한 일이니까요. 시구르드 오라버니는 저보다 더 오랫동안 아버님과 지내왔는걸요. 게다가…… 저는 여자고요."

브륀힐드는 그렇게 말하면서 미소 지었지만, 그 미소는 너무나도 처연해서…….

작스는 도저히 보고 있을 수가 없었다.

"저는…… 바보예요. 착각했지 뭐예요. 소위 계급을 주셨으니까, 기대받는 줄……. 열심히 한다면, 저라도…… 어쩌면……."

알고 있었으면서, 하고 말한 소녀는 손으로 얼굴을 감쌌다.

"저택에 가는 게 괴로워서…… 정신을 차리고 보니…… 대령님의 저택 앞에……."

더는 말을 이을 수가 없는 것 같았다.

말을 잇지 않더라도, 작스는 브륀힐드의 마음을 알 수 있었다.

"브륀힐드는 정말 최선을 다했어. 그건 우리 나라의 모든 사람이 알아."

작스는 브륀힐드의 옆으로 다가가, 그 어깨에 손을 얹었다.

"대령님…… 대령님……."

자기가 하는 말에 구역질이 날 것만 같았다.

뻔한 말밖에 못 하는 자신이 답답했다.

깊이 파고들어서 도와줄 수 없는 자신이 밉다.

만약, 만약, 내가…….

"대령님이……."

소녀는 훌쩍이며 말했다.

"대령님이…… 제 아버님이었다면 좋았을 텐데……."

더는 참을 수가 없었다.

작스는 소녀의 어깨를 끌어안았다.

스물네 살의 겨울에 있었던 일을 떠올렸다.

여자에게 찔렸을 때의 일이다.

당시의 나는 여자와 노는 것에 빠져 있었다. 얼마나 많은 여자와 잤는지를 무용담처럼 시기베르트에게 이야기했던가.

그렇게 가지고 놀던 여자 한 명이 여자애를 임신했다고 말했다.

그 순간, 전기가 몸을 타고 흐르는 느낌을 받았다.

아이. 여자애.

실감이 나지 않았다. 아직 자기가 어린애라고 생각했는데, 어린애인 자신이 부모가 되는 날이 온 것인가? 정말로?

"뭐? 인간이 그렇게 순식간에 변하기도 해?"라며, 지금도 놀랄 지경이다.

그 순간부터, 나는 모든 여자와의 관계를 청산했다. 아내가 될 여성을 제외하고.

똑똑히 기억하고 있다.

나는, 기뻤다.

기뻤던 거라고.

이유는 모른다. 굳이 따지자면 인생에 명확한 목표가 생겼으니까 그랬다고 할 수 있을지도 모른다. 여자를 안고, 밥을 먹고, 노인네가 될 때까지 살아갈 뿐인 인생에, 명확한 목표가 생겨서 그랬다고 생각한다.

빛이었다.

그 아이는, 나의, 우리의 빛이었다.

들떠서 장난감과 옷과 인형 같은 것을 잔뜩 샀다. 아내가 될 사람은 웃었지만, 그래도 좋았다. 이제까지의 인생에서, 가장 의미 있는 지출이었다.

아직 딸의 얼굴은 못 봤지만, 성장했을 때의 모습을 떠올렸다.

아내가 될 사람을 닮는다면, 귀여울 것이다. 그렇다면 군대에는 절대로 보내지 말자. 나 같은 늑대가 있으니 말이다. 분명 순진무구한 아이일 테니, 금방 잡아먹힐 게 뻔하다. 아버지로서 지켜줘야겠다. 그런데, 대체 언제까지 지켜줘야 할까? 아니, 마음 같아서는 영원히 지켜주고 싶다. 내가 늙어서 죽을 때까지. 하지만 그래선 안 되겠지. 내 딸이라고 해서, 내 소유물은 아니다. 어엿한 남자를 골라서 데려온다면, 보내줘야 할 것이다. 하지만 아아, 고민된다. 차라리 남자애라면 이런 걱정을 안 해도 될 텐데.

시기베르트는 약간 질색하면서도 내 이야기를 들어줬다. '요즘 들어…… 너는 똑같은 이야기만 하는군……' 하고 말했지만, 그러면서도 이야기를 계속 들어줬다. '갓난아기는…… 분명 따듯하겠지.' 같이 뚱딴지같은 소리나 하면서.

아내가 될 사람만은 내 망상에 어울려 줬다. 밤새도록 같은 이야기를 나눴다. 몇 번이나 나눴던 이야기지만, 전혀 지겹지 않아서 신기했다. 이 시기가, 내 인생에서 가장 행복했다고 단언할 수 있다.

하지만, 신은 분명히 있었어.

나쁜 짓을 했으니, 천벌이 내린 거야.

배 속에 있는 아기의 건강을 확인하기 위해 병원에 갔다가 돌아오는 길이었다. 눈이 내려서 추웠다. 아내가 될 사람의 몸이 식지 않도록 몸을 맞댄 채 걸었다. 얼어붙은 노면을 조심하면서.

이래 봬도 군인이라서, 살기 같은 것을 느낄 수 있었다.

하지만 느끼너라노 박을 힘이 없다면 의미가 없다.

눈치챈 순간, 그 여자는 칼을 들고 아내가 될 사람의 근처까지 다가와 있었다.

내가 끼고 놀다가 찬 여자다.

찌를 거라면 나를 찌르기를 바랐다.

하지만 나이프를 쥔 여자는 내가 아니라, 아내가 될 예정이었던 여자를 찌르려고 했다. 두 사람 사이에 끼어든 나에게는 여유가 없었다.

하지만 그것은 변명거리가 안 된다.

감싸려 했던 내 팔꿈치가, 아내가 될 예정이었던 사람을 밀고 말았다.

나는 배에 칼을 맞았으면서도, 위기 속 괴력을 발휘해 그 여자를 제압하는 데 성공했다. 여자를 얼어붙은 노면에 쓰러뜨린 채, 아내가 될 예정인 사람을 향해 '괜찮아?' 같은 얼빠진 소리를 늘어놨다.

——내가 죽인 것이다.

운이 나쁜 게 아니었다.

그때, 아내가 될 사람을 밀치지 않았다면,

혹은 시기베르트처럼 강해서, 흉기에 더 능숙하게 대처했다면,

아니,

내가 여자랑 놀지 않았다면…….

아내가 될 예정이었던 사람은 공격받지 않았을 것이며.

아내가 될 예정이었던 사람이 얼어붙은 노면에, 부푼 배를 찧지 않았을 것이다.

세상이 다 끝난 기분이라는 것을 알게 됐다.

그것은 너무나도 수수하면서, 아픔을 동반하지 않는 것이었다.

아내가 될 예정이었던 사람의 치마에서 피가 흘러나와서, 노면을 적셨다. 피는 점점 식어갔다. 냉기가 생명의 온기를 아이에게서 빼앗아 가는 것 같아서 '안 돼, 그러지 마.' 하고 울부짖었다. 또렷하게 기억하는 건 거기까지다.

만약, 그 애가 살아 있다면······ 이 세상에 태어났다면,

내가 죽이지 않았다면.

올해로 열여섯 살이 된다.

내 품에 있는 소위와 동갑인 거다.

정신을 차리고 보니, 나는 울고 있었다. 어린애처럼, 엉엉 울고 있었다.

브륀힐드는 이미 울음을 그쳤으며, 내 등을 상냥히 어루만져 주고 있었다. 이래서야 어느 쪽이 어린애인지 모르겠는걸.

소녀는 조용한 목소리로 말했다.

"저는 어차피, 진짜 딸이 아니지만······."

그래도,

──아버님의 곁에서 사라지지 않아요.

"이번에는 저를, 의지해 주세요."

브륀힐드는, 내 등을 상냥히 어루만져 줬다. 마치 갓난아기를 달래듯이.

…………

이봐, 시기베르트. 어째서야?

어째서 이렇게 좋은 아이를 매정하게 대하는 건데?

이렇게 좋은 아이를 딸로 뒀으면서, 왜 그토록 매몰차게 대하는 건데?

나는 지금 네가 죽도록 부럽고, 그래서 미워.

이 아이는 너에게 인정받고 싶어서, 빈사의 중상을 입으면서까지 최선을 다했거든?

왜 드래곤 슬레이어를 물려주지 않는 거야?

왜 발뭉을 넘겨주지 않는 건데?

나는 아무것도 해줄 수 없어. 나는 아무 도움도 안 돼.

그런데도, 이 아이는 내 곁에 있어 주겠다고 말했어. 자기한테 의지하라고 말했어.

(뭐든 좋아. 하나만이라도, 이 아이에게 도움이 된다면……)

문득, 내 방에 있는 금고를 떠올렸다.

그 안에는 시기베르트가 맡긴 펜던트가 보관되어 있다.

아아, 그래.

나는 마음만 먹으면, 이 아이에게 줄 수 있는 게 있다.

나는 이 아이에게, 발뭉을 넘겨줄 수 있는 것이다.

"브륀힐드."

딸은 어리둥절한 표정으로 나를 바라봤다.

"너한테 줄 게 있어."

다음 말을 들으면, 어떤 표정을 지을까. 그것을 상상하기만 해도, 왠지 나까지 기쁜 마음이 들었다.

(잘못된 건 없어.)

시구르드보다 이 아이가 훨씬 우수하며, 성과도 내고 있다. 그러니 어차피 시기베르트도 나중에는 알게 될 것이다. 처음부터 이 아이에게 발몽을 주면 되었다는 것을……

그러니, 내가 발몽을 이 아이에게 줘도, 아무 문제가…….

『작스.』

그때, 갑자기 내 머릿속을 스친 것은…….

『너는, 내 친구인가?』

무뚝뚝하기 그지없는, 친구의 질문이었다.

머릿속에서 격렬하게 날뛰던 열기가, 왜 얌전해졌는지 모르겠다.

솔직하게 말하겠다.

나는 브륀힐드를, 이 세상에 태어나지 못했던 딸과 겹쳐서 보고 있다. 브륀힐드를 매우 좋아한다. 이 아이를 위해서라면 어떤 짓이라도 할 수 있다.

하지만, 그 이상으로…….

그 고지식한 친구를, 배신해선 안 된다고 생각했다.

브륀힐드와 딸을 겹쳐서 보는 건 엄연한 사실이지만…….

"미안해……."

역시 브륀힐드는, 내 딸이 아닌 것이다.

"방금 한 말은 잊어줘."

어째서일까.

바로 그때, 단 한순간.

브륀힐드가, 별개의 생물처럼 보였다.

이어서, 실망감에 찬 눈으로 나를 보는 듯한 느낌이 들었다.

너무, 힘들다.

하지만 줄 수는 없다. 절대로.

"괜찮아요."

브륀힐드는 미소를 지었다.

"대령님, 무리하지 마세요. 대령님이 그렇게 말씀하신다면 잊을
게요."

내가 아는 소녀로 되돌아온 브륀힐드가 미소를 지었다.

그래서 나도 미소를 되찾을 수 있었다.

"이제 그만 돌아가볼까 해요. 더는 폐를 끼칠 수도 없으니까요."

"폐 같은 건 전혀 끼치지 않았다니까 그러네."

"정말인가요? 그렇다면 또 찾아와도 될까요?"

"물론이지. 단, 일할 때는 안 돼."

브륀힐드는 두 손바닥을 맞대며 기뻐했다.

"기뻐라. 그렇다면 한동안 대령님 댁을 피난처로 쓰게 해주세요."

"피난처?"

"네. 시구르드 오라버니가 발뭉을 손에 넣은 걸 자랑해요. 하다 못해 발뭉이 어떤 건지 알기라도 하면, 반박이라도 할 수 있을 텐데 말이죠."

시선을 살짝 숙인 소녀가 볼을 긁적였다.

시기베르트. 그 정도는 괜찮지?

발뭉을 이 아이에게 넘겨주지는 않겠다. 누구를 드래곤 슬레이어로 만들지는 네가 결정할 일이다.

하지만 발뭉의 정체를 가르쳐 주는 건 괜찮지? 이 아이도 지크프리트 가문의 딸이야.

게다가 발뭉의 정체를 알아봤자, 본체를 만지지 않으면 다룰 수 없다. 물론 정체를 안다=드래곤 슬레이어가 된다는 것을 의미하는 것도 아니다. 정체를 안다고 드래곤 슬레이어가 된다면, 나도 이미 드래곤 슬레이어다.

이 정도는 가르쳐 줘도, 괜찮지?

작스는 검지를 입에 댔다.

"잘 들어. 절대로 아무한테도 가르쳐 주면 안 돼. 나중에 내가 그 녀석한테 혼나거든."

"가르쳐 주실 건가요?"

"정체를 알 권리 정도라면 브륀힐드에게도 있어."

소녀의 눈동자가 반짝였다.

"발뭉은 '신의 힘의 조각' 이야."

"신의 힘……?"

"으음, 말해도 믿지 못할 것 같은데." 라며 작스는 콧등을 긁적였다. 그러자 "대령님의 이야기라면 뭐든 믿겠어요."라며 브륀힐드가 몸을 잎으로 쑥 내밀었다.

으음, 귀엽다. 하지만 너무 순수한 탓에 장차 나쁜 남자에게 속지 않을까 조금 걱정된다.

"인간의 세상이 생기기 전, 우주에는 신과 천사밖에 없었다는 건 알아?"

"물론이죠. 역사학도 공부했으니까요."

"천사의 3분의 1이 용이 되어서, 신에게 반역을 꾀한 것도?"

"네. 그 주동자가 최초의 용 루치펠이잖아요. 사악한 용 루치펠은 신에게 패배해서 지옥에 떨어졌어요."

"사악한 용 루치펠은 신의 번개를 맞고 격파당했어. 그 번개의 일부가 지상에 남았는데, 그게 바로 발뭉의 정체야."

브륀힐드는 입가에 손을 댔다. 깊이 생각해 보는 것 같았다.

설명이 조금 어려운 걸지도 모른다.

"내가 본 발뭉의 정체는, 빛의 집합체였어. 엄청나게 압축된, 강력한 에너지 집합체란 느낌일까. 하지만 너무 강한 에너지라서 평범한 인간은 닿기만 해도 미쳐버리나 봐. 그야 신의 힘의 조각이니까 그럴 수밖에 없지. 신을 인간의 몸으로 이해하는 건 무리라고. 그런데도 인간은 발뭉을 포기하지 않았어. 발뭉을 다룰 수 있는 인간을 낳기 위해, 몇 대에 걸쳐 혈통 개량 연구를 거듭한 거지. 그렇게 해서 태어난 것이 바로 지크프리트 가문의 혈족이야. 그들만이 신의 힘을 받아들이고도 미치지 않은 거지. 아니, 엄밀하게 말하자면 지크프리트 가문의 혈족도 신의 힘을 받아들이면 미쳐버리지만, 그들은 이성을 잃지 않게 되는 양을 정확하게 가늠해서 받아들일 수 있는 거고."

시기베르트가 항상 천천히 말하는 것도, 발뭉에 의해 언어중추에 문제가 생긴 탓이라고 들었다. 그 녀석은 항상 중요한 이야기를 안 하거든. 앞으로 그 녀석의 말투를 가지고 놀리는 건 관두기로 결심했다. 하지만 체내에 받아들인 발뭉은 서서히, 그리고 확실히 뇌의 다른 기능도 좀먹어 들어간다고 들었다.

"그런 건가……."

소녀는 중얼거렸다.

"발뭉은 최초의 용을 죽인 힘. 그것은 유래부터 드래곤 슬레이어라는 속성을 지니고 있다. 그렇다면, 문제는 휘두르는 힘의 크기가 아니야. 설령 미세한 양의 발뭉일지라도, 그것은 용을 무조건적으로 무력화시킬 수 있다. 그렇기에 드래곤 슬레이어……."

"브륀힐드?"

"그런 거죠? 제가 잘못 이해했나요?"

"아, 그렇지 않아. 너의 빠른 두뇌 회전에는 항상 놀란다니깐. 그 말대로야. 발뭉은 절대로 용에게 지지 않지."

브륀힐드는 왼손을, 오른손 위에 포갰다.

"용에 속한 생물은, 결코 발뭉을 이길 수 없겠군요."

"응. 발뭉에 닿기만 해도 아프다거든."

"아버님이 왜 저를 후계자로 삼지 않은 건지, 알겠어요."

브륀힐드의 시선은 장갑을 낀 오른손을 향했다. 장갑으로 가려진 손은, 새하얀 비늘로 뒤덮여 있었다.

"제 몸의 절반은 용이에요. 분명 발뭉을 다룰 수 없겠죠."

"그건…… 나도 모르겠시만……."

위로하는 말을 건네야 할지 생각해 봤지만, 아무래도 그럴 필요는 없을 것 같았다. 브륀힐드의 표정은 온화했다.

"안심했어요. 물려주지 않은 게 아니라, 물려줄 수 없다……. 사실 여부를 떠나서, 그렇게 생각할 여지가 있다는 것만으로도 마음이 놓이니까요."

"시기베르트는 브륀힐드를 인정하고 있어."

이건, 뭐…… 거짓말일지도 모르지만.

"게다가…… 우리가 브륀힐드에게 줄 수 있는 발뭉도 있지. 원하는 것과는 다른 형태겠지만 말이야."

"네?"

"발뭉 명예 은장을 너에게 수여하기로, 내부에서 결정됐거든. 너는 수도를 용으로부터 지켜냈잖아?"

발뭉 명예 은장은 뛰어난 공을 세운 자에게 주어지는 훈장이다. 브륀힐드라면 받을 자격이 충분히 있다.

"그러고 보니, 저를 2계급 특진시킨다는 소문을 들었어요."

"아하하. 그건 너무 이른걸."

이 아이라면 머지않아 대위가 될 수 있겠지만.

"그런가요. 하지만 훈장을 받게 되어서 기뻐요."

"수훈식을 기대하렴. 축제처럼 꾸밀 예정이거든."

브륀힐드에게의 훈장 수여는 이제까지의 행사와는 성격이 조금 다르다.

브륀힐드는 세간에 비극의 드래곤 슬레이어로 알려져 있다.

그녀에게 아무런 포상도 내리지 않는다면, 군도 체면이 서지 않는다. 브륀힐드의 수훈식은 군이 그녀를 정당히 평가하고 있다는 어필과, 용의 습격으로 활기를 잃은 도시를 원래대로 되돌린다는 목적을 지녔다. 그렇기에 그녀의 수훈식은 니벨룽겐 광장에서, 민중에게 공개하는 형태로 치러질 예정이다.

"군악대도 불러서, 성대하게 축하해 주려나 봐."

"어머나, 기뻐요."

그렇게 말하며 미소 지은 후……

"수상께서, 제 가슴에 훈장을 달아주시는 건가요?"

"그렇긴 한데."라고 말한 작스는 그녀가 무슨 말을 하고 싶은 건지 이해했다.

"시기베르트에게 받고 싶은 거니?"

브륀힐드는 아무 말도 하지 않았지만, 그것은 '침묵의 긍정'이라는 것이다.

"아마, 가능할 거야."

브륀힐드의 표정이 눈에 띄게 밝아졌다. 솔직한 아이다.

"상부를 설득할 재료라면 충분히 있어."

수도가 언제 용에게 습격받을지 모르는데도 수도로 돌아오려 하지 않는 시기베르트에게, 국민의 원성은 자자했다. 민중 앞에 모습을 한 번 보이기만 해도, 그를 향한 비난이 잦아들 것이다.

게다가 아버지가 딸에게 훈장을 달아 주면 미담으로 남을 것이다. 신문에서는 그런 훈훈한 이벤트나 대대적으로 다루길 바란다.

시기베르트가 아무리 바쁘더라도 하루, 아니 반나절만 수도에 돌아올 짬이 없을 리가 없다.

이번에는 무리라고 말하게 두지 않겠다.

브륀힐드에게 훈장이 수여된다는 이야기가 시구르드의 귀에도 들어갔다. 그건 좋다.

문제는 수여 방식이다.

훈장은 시기베르트 준장이 직접 브륀힐드 소위의 가슴에 달아준다고 한다.

(브륀힐드가 아버지를 죽일 생각이라면, 그때를 노릴 거야.)

수훈식은 일주일 후에 열린다.

시구르드는 브륀힐드의 방을 찾았다. 브륀힐드는 문을 잠가서 시구르드를 거절하는 것을 관뒀다. 어차피 신의 힘으로 자물쇠를 부술 뿐이라고 판단한 것이리라.

점심때였다. 방에는 두 사람뿐이었으며, 브륀힐드는 묵묵히 점심 식사를 입에 집어넣었다.

"네가 꾸민 짓이지?"라고 규탄했다.

"그래."라는 대답에서는 망설임이 느껴지지 않았다.

무슨 짓을 한 건지 물어볼 수도 있지만, 그 대답을 듣더라도 의미는 없다.

(이 아이는 무시무시할 정도로 머리가 좋아.)

시구르드가 계획을 알더라도, 그것을 전제로 해서 계획을 새로

짤 게 틀림없다. 시구르드의 두뇌로는 대처할 수 없다. 그래서는 아무것도 모르는 것과 마찬가지다.

"아무튼, 멍청한 짓을 벌이지 마. 너는 아버지에게 이길 수 없어."

"어이, 시구르드. 전부터 신경 쓰였던 건데, 왜 내 살의를 주위 사람에게 말하지 않는 것이냐? 시구르드의 주위에 있는 인간이 내 속셈을 안다면, 나는 지금보다 더 움직이기 힘들어질 텐데 말이지."

"착한 아이인 너와, 행실이 나쁜 나. 아무도 내 말은 안 믿어. 그리고 설령 믿더라도…… 그랬다간 네 입장이 나빠질 거잖아."

"반역죄로 총살형이겠지."

자기도 알고 있잖아.

"제발 부탁이니까, 그만둬."

복수는 아무것도 낳지 않는다고, 죽은 네 아버지도 바라지 않는다고, 그렇게 뻔한 말은 하지 못했다.

그래서, 시구르드는 애원했다. 그녀를 막을 힘을 가지고 있으면서도…….

"정체는 말할 수 없지만, 너는 발뭉을 이길 수 없어. 너는…… 수훈식 때는 아버지가 무방비해질 거라고…… 생각하는 거지? 그 틈을 노릴 속셈이겠지만……. 그렇지 않아. 아버지에게 빈틈 같은 건 없어."

"신의 힘을 받아들였다면서?"

깜짝 놀랐다.

"그걸 어떻게……."

"대령한테서 들었다. 아, 그를 비난하지는 마라. 그도 불쌍한 생물이거든."

"발몽을…… 손에 넣은 거야?"

"그럴 수 있다면 좋았을 테지만, 그는 나에게 발몽을 넘겨주지 않았다. 이상적인 딸을 완벽하게 연기했는데…… 모르겠군. 나는 뭔가…… 그자의 내면에 있는 정체 모를 무언가에게 진 것 같다."

브륀힐드는 말을 이었다.

"하지만 내게 넘겨줬더라도, 내 몸으로는 받아들일 수 없었을지도 모르지."

브륀힐드는 아름다운 손톱으로, 자신의 오른쪽 손등을 때렸다. 그러자 투박한 소리가 났다.

"신의 힘은 용을 멸하는 힘이다. 0을 곱하는 것이나 마찬가지야. 절반이 용인 내 육체로는 그 힘을 이용할 수 없고, 번개에 닿으면 몸이 소멸할 가능성이 크지. 이것만은 실제로 살펴보지 않는다면 알 수 없다. 하지만 그걸 손에 넣는 건 불가능하지."

시선이 느껴졌다. 브륀힐드가 시구르드를 응시하고 있었다. 시구르드가 그 시선을 눈치채자, 소녀는 곧 시선을 돌렸다.

"아주 조금, 파편만이라도 있다면…… 이 상황을 타개할 계기를 찾을 수 있을지도 모른다. 좀 더, 나은…… 작전을…… 혹은……."

거기까지 말한 브륀힐드는 말을 멈췄다.

시구르드는 소녀의 붉은 눈을 응시했다. 거기에는 타산이나 애원, 위압이 깃들지 않았다.

있는 것은, 누군가에게 도움을 청하고 싶어 하는 듯한, 그런 여린 감정뿐이다.

도와주고 싶은 마음이 샘솟았지만, 시구르드는 절대로 그럴 수 없다.

소년은 브륀힐드에게서 눈을 돌렸다.

"솔직히 말해, 힘들게 됐다."

브륀힐드의 우는소리는 처음 들었다. 소녀는 장갑을 낀 오른손을 말아쥐었다.

"죽일 때는, 이 오른손으로 죽이겠다고 결심했었는데……."

그 말에 담긴 분함은 거짓이 아니란 생각이 들었다. 부모의 원수가 자신이 절대로 죽일 수 없는 상대인 것이다. 괴로울 게 틀림없다.

"행사에는 나도 참가할 거야. 객석에 있겠지만…… 너를 계속 감시하겠어."

"오지 말라고……."라고 말하는 브륀힐드의 목소리에는 두려움이 어린 것처럼 느껴졌다.

저런 표정을 짓게 만든 이유 중 하나가 자신이라는 건…… 알고 있다.

이것 말고 내가 뭘 할 수 있을까.

이 아이를 막는 것 말고, 나는 대체 무엇을 할 수 있을까.

"너는 내가 싫어?"

브륀힐드의 붉은 눈동자가 나를 향했다.

"너는…… 특별해."

언젠가 병실에서 들었던 것과 같은 말이다.

하지만 미세한 열기가 담긴 그 말은, 그때의 얼음 같은 말과 정반대라고 해도 과언이 아니었다.

"인간이지만…… 좋은 녀석이다. 인간 중에도…… 좋은 아이가 있구나. 상냥한 사람은, 있었어……."

——사랑해.

울먹이는 목소리였다.

시구르드는 브륀힐드의 점심 식사가 놓인 접시를 빼앗았다. 접시에 놓인 음식을 입에 욱여넣었다.

전부 먹어 치운 후, 브륀힐드 앞에 접시를 내려놨다.

"빈말할 생각은 없어. 마음이 풍화되는 건 힘들 테고, 살다 보면 힘든 일도 많을 거야. 하지만 조금은 내가 그런 괴로운 일을 대신 먹어 치워 주겠어. 혼자서 맛없어 죽겠다는 표정 짓지 말고, 나를 불러. 나는, 나는 인간이고, 드래곤 슬레이어지만, 너의……."

네 편이라고 말하고 싶었다.

하지만 그 말은 삼켰다.

진짜로 같은 편이라면, 이 아이에게 가세해서 아버지를 죽이는 걸 도울 것이다.

"나는, 네 친구야."

"헉." 하는 소리가 들렸다. 브륀힐드가 화들짝 놀란 표정으로 숨을 들이마시는 소리였다.

젖은 눈동자로, 시구르드를 쳐다보고 있다.

"미안하다……."

브륀힐드는 시구르드에게서 고개를 돌렸다. 그리고 아무것도 없는 창 너머를 응시했다.

"혼자 있게 해줘."

조그마한 어깨가, 떨리고 있었다.

그 후로 닷새 동안, 시구르드 지크프리트는 쭉 생각했다.

브륀힐드가 아버지를 죽이는 것을 포기했을지를.

자기가 친구라고 선언했을 때, 그녀는 울었다. 그러니, 이제 함부로 일을 벌이는 것을 관뒀다고 봐도 되지 않을까.

몇 번이나, 몇 번이나, 다양한 이유를 댔다. 자기가 믿고 싶은 정보만 믿으며, 그녀가 복수를 그만두려고 한다고 생각하게 했다. 하지만 그런 생각을 거듭하면 할수록 상대적으로 깨닫게 됐다. 그런 식으로 생각하는 것 자체가, 그녀의 뜻을 꺾지 못했다는 것을 자각하고 있다는 의미였다.

소년이 결심한 날은, 휴일이었다.

떨고 있는 조그마한 등을 보며 방에서 쫓겨난 후로, 5일이 지났다.

수훈식까지, 이제 2일밖에 남지 않았다.

시구르드는 브륀힐드의 방으로 향했다. 웬일로 식사 시간이 아니었다.

시구르드가 방에 들어가보니, 브륀힐드는 꽃가게의 카탈로그를 보고 있었다.

좀 의외였다.

노벨란트 제국의 과일이 에덴의 과일보다 못한 것처럼, 이 나라의 꽃 또한 에덴의 꽃보다 못하다고 브륀힐드는 말했다. 일전에는 장미 정원을 가득 채운 향기를 맡고 '악취 때문에 코가 삐뚤어질 것 같다'고 말했다. 그런 그녀가 꽃가게의 카탈로그를 보고 있었다.

하지만 그런 것은 아무래도 상관없다.

시구르드는 브륀힐드가 입을 열기도 전에 그녀의 새하얀 왼쪽 손목을 움켜잡더니, 자기 쪽으로 잡아당겼다.

"시구르드, 뭐 하는 거지?"

"잔말 말고 따라와."

시구르드는 브륀힐드의 손을 잡아끌면서, 저택 밖으로 향했다.

행선지는, 니벨룽겐의 거리다.

용에게 습격받고 시간이 조금 흘렀지만, 아직 시내의 특별 경계 태세는 해제되지 않았다.

길 곳곳에 장갑차가 배치됐으며, 무장한 병사가 순찰하고 있다.

하지만 도시가 조금씩 활기를 찾고 있는 것도 사실이었다.

오페라는 상연 횟수가 늘기 시작했으며, 드래곤 슬레이어의 동상이 있는 광장에서는 부모를 동반한 아이들이 뛰어놀고 있었다. 어릴 적에는 시구르드도 이 광장에서 드래곤 슬레이어 놀이를 했다. 서점에서는 손님들이 서서 책을 읽고 있었으며, 노점에서는 용 고기를 구워서 팔고 있었다.

"어이, 시구르드……."

손을 잡힌 브륀힐드는 노면을 쳐다보며 걷고 있었다.

"무슨 생각인지 모르겠다만…… 돌아가자. 나는 이 거리를 돌아다니고 싶지 않다."

"용을 죽이는 자로 가득해서 그런 거지?"

그 정도는 알아.

"그렇다면 왜 데려온 거지? 나를 괴롭히고 싶은 거냐?"

"그럴지도 몰라."

시구르드는 걸음을 멈추더니, 브륀힐드를 돌아봤다.

"이제부터 내가 하는 말은, 아마 너를 상처 입힐 거야."

브륀힐드는 여전히 지면을 내려다보고 있었다.

"하지만 말해야 해. 너는 나에게만 본심을 이야기해 줬어. 나만이 네가 지금껏 한 일을 알아. 그러니 마지막으로 나도 본심을 이야기하겠어. 너처럼 대단한 비밀은 아니지만…… 남들에게 비밀로 해 줬으면 해."

마지막, 이라고 시구르드는 말했다.

시구르드는 안다. 수훈식에서 브륀힐드는 아버지를 노릴 생각이며, 자신이 그것을 막을 수 없다는 것을. 물론 자신이 할 수 있는 일을 하겠지만, 자신이 바라는 미래에 도달할 가능성은 한없이 작다.

그녀가 아버지를 죽이는데 성공한다면 이 나라를 떠나거나, 목적 달성에 만족해 자결하거나, 혹은 군에 잡혀 총살형을 당할 것이다. 실패했을 경우는 말할 필요도 없다.

그러니 그가 브륀힐드에게 자기 본심을 털어놓을 기회는, 분명 오늘이 마지막이다.

"나, 실은…… 솔직히 말해, 아버지가 거북해."

이 거리로 나온 후로, 브륀힐드는 처음으로 고개를 들었다. 의아한 표정으로 시구르드를 쳐다봤다.

"아버지는…… 나를 업신여겨. 너처럼 느닷없이 나타난 여자애한테 소위 계급을 줬잖아. 진짜 열받는다고."

하지만, 하고 소년은 말을 이었다.

"브륀힐드, 이 거리를 봐. 곳곳에 네가 싫어하는 게 잔뜩 있기는 해. 용의 고기나, 용의 지방으로 만든 연료, 그리고 에덴의 재 같은 거 말이야. 너는 보기도 싫을 거야. 하지만……."

──다들 살아 있어.

"이 나라 사람은, 에덴에서 채집한 자원으로 살아가고 있어. 아버지가 에덴을 공략한 덕분에, 다들 웃으면서 사는 거야."

소년은 말을 이었다.

"그래서 나는 아버지를 존경해. 참 까다롭고, 이해할 수 없는 사람이지만…… 무엇보다도 네 아버지를 죽인 사람이지만…… 이 나라의…… 국민의 버팀목인, 대단한 사람이야."

──그래서 아버지처럼 되고 싶어.

시구르드는 무서웠다. 아마, 평생을 통틀어봐도 이렇게, 두려움을 느낀 적은 없으리라.

"이게…… 내 본심이야. 나를 싫어해도 돼. 이런 말을 들었으니, 내가 미워졌을 거야. 하지만, 마지막으로…… 친구에게 비밀을 만들고 싶지 않았어."

브륀힐드는 한동안 아무 말도 하지 않았다. 시구르드의 말을 되새기듯, 입 다물고 있었다.

길가에 멍하니 서 있는 두 사람의 옆을, 수많은 통행인이 스쳐 지나갔다.

"나는……."

한참 동안 뜸을 들인 후, 브륀힐드는 작은 목소리로 이야기를 시작했다.

"나는, 진성언어라는 것을 쓸 수 있다. 온갖 생물과 소통할 수 있고, 소리를 내지 않으면서 전하고 싶은 것만 전하는, 지고(至高)한 언어지."

시구르드는 브륀힐드가 무슨 말을 하는 건지 몰랐지만, 그래도 그녀의 말을 끊지 않았다.

"한편으로, 네 말은 지리멸렬해. 나에게 깊은 상처를 주는 말을 하고 있지. 이런 본심을 털어놔서, 나에게 무엇을 바라는 건지 알 수 없다. 무엇을 전하고 싶은 건지도 확실치가 않아. 말로서는, 최악이다."

시구르드는 아직도 브륀힐드의 손을 잡고 있었다. 그의 손에서는 긴장 탓에 땀이 나고 있었다. 하지만 소녀는 그 손을 뿌리치려 하지 않았다.

"이런 영문 모를 말에, 왜…… 나는……."

오히려, 소녀는 소년과 맞잡은 손에 살짝 힘을 줬다.

소녀의 목소리는 점점 열기를 머금었다.

"나를 비난하고 싶으면, 하면 된다. 그래야 마땅하지. 나는 이 도시의 인간을 수십 명이나 죽였다. 수백 명이나 상처 입혔어. 네 꿈을 짓밟은 거다. 나한테 화내라. 증오하며 욕해라. 질색하며 두들겨 패라. 그래야 마땅할 거다. 하지만, 너는 왜……."

──그런 눈으로 나를 쳐다보는 거지?

"기뻤어."

분노도, 증오도 느껴지지 않는 눈. 도저히 그 눈을 똑바로 쳐다보지 못한 소녀는 고개를 숙였다.

"이 도시가 습격받았을 때, 병실에서 너와 이야기했을 때. 절대로 용서할 수 없다고 생각했고, 분노도 느꼈어. 하지만 나는 마음 한편으로 기뻤어. 나를 '관계없는 녀석'으로 여기지 않는다는 걸 알아서……. 그래서 내 마음속에서는 전부 정리가 된 거야. 나도 참 너무한 녀석이라니깐."

"터무니없는 소리를 늘어놓는구나……. 그걸 모르는 것이냐?"

"알아."

──만약.

만약, 소녀가 소년에게 기댄다면…….

따뜻한 미래가 기다릴지도 모른다.

시구르드의 손을 잡고, 함께 다양한 곳에 갈 수 있으리라. 에덴에서는 알 수 없었던 수많은 풍경을, 그는 소녀에게 가르쳐 줄 것이다. 소년은 자신의 몸에 깃든 우정 때문에, 소녀에게 결코 거짓말하지 않는다. 소년은 소녀에게 있어, 에덴을 대신할 안식처가 되어 줄지도 모른다.

그도…… 작스도 결코 나쁜 인간은 아니다. 거짓말과 빈말이 특기인 그 남자를, 소녀는 그다지 좋아하지 않는다. 하지만 소녀를 향한 부성(父性)에 가까운 애정이 악의에서 비롯된 게 아니라는 것은 이해하고 있다. 시구르드만큼 좋아하지는 않지만, 싫어할 정도는 아니다. 처음으로 병실에 찾아온 작스가 말했던 것처럼…….

소녀의 주위에 펼쳐진 세상 전체가, 적인 것은 아니다.

한 걸음.

한 걸음, 소년을 향해 내딛기만 한다면…….

소녀는 소년을 쳐다봤다.

시야에 들어온 소년의 얼굴. 검고 커다란 눈.

그리고.

칠흑색 머리카락.

칠흑.

그 남자와 같은 색깔인——.

그 순간.

뇌리에 떠오른, 두 개의 광경.

눈물을 흘리는 용의 사체.

그것을 쳐다보는, 아무런 감정도 어리지 않은 삼백안.

칠흑색 머리의 남자.

그 순간, 소녀의 몸 안에서 시꺼먼 불꽃이 타올랐다. 지금 머릿속
에 떠오른 훈훈한 미래를, 업화가 순식간에 불태웠다.

(나는 맹세했다…….)

4년 전, 이 세상에 용의 편이 없다는 것을 알았을 때…….

——나만은 끝까지, 네 편이겠다고 말했다.

그런 내가 배신하면 어쩌자는 거지?

부드러운 환상을 불사른 후에도, 지옥의 불꽃은 소녀의 내면에서
격렬하게 타올랐다. 그것을 통해, 소녀는 이해했다. 아까까지 품고

있던 환상은, 업화에 삼켜질 만큼 부질없는 것에 지나지 않았다.

왜, 나는 여기에 있지?

인간과 친해지기 위해서일까?

마음의 상처를 치유하기 위해서일까?

행복해지기 위해서일까?

살아가기 위해서일까?

아니다. 전부 아니다.

소녀는 떠올렸다.

사랑하는 자의 피를 마시면서까지, 자신이 살아남은 이유를.

소녀는 자신이 기능해야 하는 형태로 되돌아갔다.

(똑같아질 수는 없다.)

그 불쾌한 이야기와 말이다.

브륀힐드는, 아니 용의 딸은 말했다.

"늦었다. 너무 늦었단 말이다."

그 눈동자는, 흔들리는 소녀의 눈동자가 아니었다.

"처음 이 도시에 왔을 때, 그 나흘 동안에 상냥한 사람과 만났다면, 다른 길을 선택했을지도 모르지. 하지만 우리는 만나지 못했다."

그게 전부라며 차갑게 말한 후…….

용의 딸은, 결국 소녀의 손을 뿌리쳤다.

뒤돌아서더니, 저택을 향해 걸어갔다.

소년은 그 뒷모습을 지켜보고 있을 수밖에 없었다.

그가 할 수 있는 건, 이제 없다.

애초에, 오늘 그녀를 이 거리로 데리고 나온 것에, 본심을 이야기하는 것 이상의 목적은 없었다.

소녀의 모습은, 혼잡한 길거리에 삼켜지면서, 소년의 시야에서 사라졌다.

제4장

수훈식 날, 하늘에서는 태양이 빛나고 있었다. 구름 한 점 없는 푸른 하늘은 마치 빠져들 것처럼 맑았다.

군의 고관과 정치가가 참석했다. 브륀힐드가 속한 육군에서는 원수까지 왔다.

국내의 유력 신문사의 기자들이 수많은 카메라를 준비한 채 대기하고 있었다.

광장에 만들어진 무대에서는 붉은색 횡단막과 커다란 군기가 바람에 휘날리고 있었다.

무대 앞에는 부채꼴 형태로 의자가 놓여 있었다. 그 의자는 민중이 채우고 있었으며, 서서 보는 사람도 있을 정도였다.

나무로 만든 무대 뒤편에서, 브륀힐드는 기다리고 있었다.

평소보다 격식 있는 군복을 입었다. 오늘 이날을 위해 제작된 의전용 군복이다. 백은색 머리 소녀는, 마치 왕족 같은 기품을 풍기고 있었다. 훈장을 받는 병사는 브륀힐드 말고도 더 있지만, 그녀가 가장 돋보였다.

하지만 아름다운 드래곤 슬레이어의 표정은 가라앉아 있었으며, 약간 고개를 숙이고 있었다.

소녀의 옆에 선 작스 대령은 짜증을 숨기지 못했다.

"그 자식……."

시기베르트 준장이 아직 오지 않은 것이다.

딸의 수훈식 날에는 수도에 들르기로 약속했다. 원정을 마친 후에 다른 바다로 원정을 떠난다고 했기에, 수훈식 스케줄 자체를 시기베르트에게 맞췄다.

하지만 개막 10분 전인데도 시기베르트는 모습을 보이지 않았다.

시구르드는 일반인들 사이에 섞여 있었다.

오늘 무대에 오르는 건, 수훈자를 제외하고 나면 상급 장교뿐이기 때문이다.

"어이……."

등 뒤에서 목소리가 들려왔다.

고개를 돌려보니, 삼백안이 시구르드를 쳐다보고 있었다.

"아버지……."

시기베르트는 아무 말 없이, 시구르드를 쳐다봤다.

시구르드 또한 아무 말도 하지 않았다.

브륀힐드가 노리고 있다고 말해야 할까.

아니면…….

빨리 무대에 오르라고 말해야 할까.

몇 초라는 시간이, 영원처럼 느껴졌다. 주위의 소음이 멀어지는 듯한 느낌이 들었다.

결국, 시구르드가 입에 담은 건…….

"표적은 아버지야. 무대 위로 올라가면 안 돼."

만약 이 부자지간이 서로를 이해한 순간이 있다면, 분명 바로 이 때이리라.

"안다. 처음 그 아이를 봤을 때부터……."

시기베르트 또한 말했다.

자신의 마음을 털어놨다.

"무시무시한 여자군. 교묘하게 사람의 마음속에 파고들지……. 시구르드, 절대로 넘어가지 마라."

그 충고는 분명 옳지만, 분명 틀렸다.

"수도를 습격한 용 중에서 하얀 용 열 마리는 해치우지 못했다고 들었다. 아직도 죽이지 못했다더군. 저 여자의 부모도…… 하얀 용이었어."

"백은색 비늘에 파란 눈이었지."라고 시기베르트는 중얼거렸다.

시기베르트는 아들을 지그시 응시하며, 말했다.

"미안하구나."

처음으로 아들에게, 사죄의 말을 건넸다.

"무슨 소리를 하는 거야, 아버지."

시기베르트의 망가진 언어중추는 말을 제대로 지어내지 못한다. 하지만 지금이 아들과 마지막으로 대화할 기회라고, 시기베르트는 느끼고 있었다.

고대의 영웅 중에는, 자신이 죽을 때를 직전에 깨닫는 자가 있다.

그들은 지금 시기베르트가 느낀 징조와 같은 것을 느꼈으리라. 이유는 알 수 없지만, 자신은 두 번 다시 아들을 볼 수 없다. 그래서 아들을 찾아다녔다.

"모든 에덴을 점령하면…… 드래곤 슬레이어가 필요 없어질 줄 알았는데…… 나는 늦고 말았다. 결국, 네가 이어받게 했지. 언젠가, 네 몸도……."

시구르드는 고개를 저었다.

"괜찮아. 알면서 이어받은 거야."

발뭉이 몸을 좀먹는다는 건, 그것을 만지기 직전에 작스에게 설명을 듣고 알았다. 그런데도 소년은 드래곤 슬레이어가 되는 길을 선택했다. 그것은 아버지처럼 니벨룽겐의 버팀목이 되는 인간이 되고 싶어서였으며, 하나뿐인 친구를 막기 위한 결단이기도 했다.

시기베르트는 무대를 힐끔 쳐다봤다.

"이 수훈식에서, 분명 일을 벌일 거다. 근거는 없지만……."

"그 순간에 제압하려는 거구나."

"아니, 처리할 거다."

"처리, 라니……."

그 아이를 죽이려는 거냐고 물었다.

그 목소리와 그 아이라는 호칭을 듣고, 시기베르트는 직감했다.

시구르드도 그녀를 소중히 여기고 있는 것이다.

하지만 시구르드와 작스 사이에는 결정적인 차이점이 존재했다.

보아하니 시구르드는 그녀의 본성을 알면서도, 그녀를 소중히 여기고 있다.

원래 시기베르트는 시구르드와 함께 용의 딸을 죽일 생각이었다. 그러기 위해서 발뭉을 이어받게 했다. 하지만 용의 딸에게 속은 게 아니라, 그 본성을 좋아하게 된 것이라면…….

그녀를 죽이게 하는 건…….

…………

하다못해, 마지막으로 아버지다운 일을 할 수 있다면…….

"쭉, 나쁜 부모였다. 아니, 지금도……."

이제 와서 좋은 아버지 행세를 할 생각도 없다.

시기베르트는 오른손을 아들의 목덜미에 댔다. 파직하는 소리가 나더니, 시구르드는 눈을 치켜떴다. 오른손과 목덜미 사이에서 희미하게 전류 같은 빛이 번쩍였지만, 그것은 햇빛 탓에 잘 보이지 않았다.

의식이 끊기기 직전, 소년의 마음속에 친구의 얼굴이 떠올랐다. 하지만 그렇다고 달라지는 건 없었다.

시기베르트는 근처에 있던 병사를 불러서 의식을 잃은 아들을 맡긴 후, 저택으로 옮기라고 지시했다.

군악대가 나팔을 불었다. 수훈식이 시작된 것이다. 폭발적인 소리에 민중이 흥분했다. 이어서 땅을 뒤흔드는 듯한 북소리가 울려 퍼졌다.

기자의 카메라에서 차례차례 플래시 빛이 터져 나왔다.

브륀힐드를 비롯한 수훈자와 훈장을 수여하는 수상이 무대 위로 올라가기 시작했다.

　　──　그녀는 네기 죽이겠다.

아들의 동생일지라도.

그녀는 용이지, 인간이 아니니까.

시기베르트 또한 무대 위로 올라갔다.

브륀힐드의 수훈은 마지막에 이뤄졌다. 이번 식전의 하이라이트이기 때문이다.

식전이 시작된 후에 모습을 보인 시기베르트에게, 작스는 불평을 늘어놨다. 쓴소리를 늘어놓으면서도, "하지만 꼭 와 줄 거라고 생각했어."라며 웃었다.

"너도 도망쳐."

혹시나 하는 마음에 시기베르트는 그렇게 말해 봤지만, 작스는 무슨 소리인지 이해하지 못한 눈치였다.

그게 옳다.

브륀힐드의 눈에 어린 증오의 불꽃은 자신만 봤으며, 남들의 눈에 브륀힐드는 비극의 드래곤 슬레이어로 보일 것이다.

정답을 간파하는 눈을 지녔더라도, 주위를 설득할 힘이 없다면 의미가 없다.

시기베르트의 말은, 무력했다.

시기베르트가 무대 위에 서자, 우레와도 같은 박수가 쏟아졌다.

백은색 머리의 그녀가 서 있었다.

시기베르트는 발몽 명예 은장을 손에 쥔 채, 브륀힐드의 곁으로 걸어갔다.

브륀힐드는 시기베르트를 쳐다보고 있었다. 호감을 주는 미소를 머금고 있었다.

두 손은 등 뒤로 돌렸다.

등 뒤에 무언가를 몰래 들고 있다. 무기일까?

소녀의 손이 움직였다. 모아쥐고 있던 손을 풀더니, 앞으로 내밀었다.

하지만 몰래 들고 있던 것은 꽃다발이었다.

포장지와 리본으로 꾸며진 각양각색의 꽃들. 수많은 꽃.

수훈식에서, 훈장을 받는 딸이 아버지를 위해 준비한 훈훈한 서프라이즈. 분위기를 띄우는 군악대.

――쓰레기 같은 연출이다.

훈장을 수여할 수 있는 거리까지, 꽃다발을 건네줄 수 있는 거리까지 두 사람은 가까워졌다.

브륀힐드는 꽃다발을 내밀었고…….

시기베르트는 발몽 명예은장을 손에 쥔 채, 말했다.

"기분 나쁜 여자군."

목소리를 낮추지도 않았다.

하지만 무대 중심에는 두 사람밖에 없고, 객석에선 환성이 터져 나오고 있으며, 군악대 또한 시끄럽게 연주하고 있었다.

그렇기에 시기베르트의 말은, 곁에 있는 브륀힐드에게만 들렸다.

"내 딸이라는 게 믿기지 않아."

"아니야. 유감이지만, 나와 너는 부모 자식 사이가 맞다."

브륀힐드는 미소를 머금으며 말했다.

"나는, 역시…… 용이 아니었거든. 어쩔 수 없는 인간이다. 아버지의 말을 아무리 떠올려도……"

『증오의 불꽃을 불태우면 안 돼. 설령 현세에서 비참하게 죽더라도, 마음만 깨끗하다면 우리는 영년왕국에서 만날 수 있으니까.』

"떠올려도…… 되뇌어도 무리였다. 이 몸을 불태우는 불꽃을, 나는 억누를 수 없어."

──나는.

그렇게 말한 브륀힐드는, 시기베르트를 끌어안았다.

꽃다발이 무대 위에 떨어졌다.

소녀는 목 뒤로 손을 둘렀다. 자기보다 머리 두 개 정도는 키가 큰 남자의 목을 끌어안았다.

관중이 환성을 토했다.

감격한 딸이 아버지를 끌어안은 것처럼 보일 것이다.

시기베르트는 소녀의 등 뒤로 팔을 두르지 않았지만…….

"나는, 너를 죽이고 싶다."

살의가 응축된 목소리는, 사랑을 자아내는 노랫소리와 흡사했다.

안은 것이 아니다.

그것을 눈치챈 이는 당사자 두 명뿐이다.

브륀힐드는 시기베르트의 몸을 속박했다. 시기베르트는 소녀의

팔을 떨쳐내려 했지만, 인간을 초월한 완력을 지닌 그 팔은 시기베르트의 힘으로도 금방 떨쳐낼 수 없었다.

꽃다발이…….

턱, 하고 묵직한 소리를 내면서 무대 바닥에 떨어졌다.

꽃 사이로 어렴풋이 보인 것은, 구부러진 기폭 장치다.

기폭 장치는 플라스틱 폭탄에 연결되어 있었다. 기폭 장치의 내부에는 용수철이 달린 공이가 있다. 그 공이가 작동하면서, 뇌관을 때렸다.

꽃이 확산하듯, 흩뿌려졌다.

무대 중심, 나무로 된 바닥이 쪼개졌다.

검붉은 폭염이 넘쳐나더니, 사람들을 집어삼켰다.

폭발로 무대 위에 있던 다른 수훈자, 수상 등의 육체가 조각조각 났다. 무대 근처에 있던 관중이 불꽃에 휘말렸다. 떨어진 곳에 있던 이들도 고속으로 날아온 나뭇조각에 몸이 관통되거나, 돌에 뭉개졌다.

다리와 철도의 파괴 공작에 쓰이는 소형 폭탄이 터진 것이다. 브륀힐드는 육군 무기고에서 그것을 조달해서, 꽃다발에 숨겨뒀다.

누런 지방이 사방으로 튀었고, 넋이 나간 사람들의 얼굴이 피에 젖었다. 흙먼지가 피어오르면서 무대를 완전히 가렸다.

시기베르트와 브륀힐드, 꽃다발과 가장 가까운 곳에 있던 두 사람의 생존을 바라긴 어려울 것이다.

두 사람이 평범한 인간이라면.

"계집……. 드디어 꼬리를 드러냈군."

폭염 너머에서, 검은 그림자가 일렁였다.

시기베르트는 무사했다.

걸치고 있는 군복은 폭발에 의해 곳곳이 찢어졌지만, 육체에는 손상이 거의 없었다.

삼백안은 상공을 노려보고 있었다.

마찬가지로 군복이 찢어진 브륀힐드는 하늘에 있었다. 몸 오른편의 피부가 드러나 있었다. 비늘은 오른쪽 손목 아래만 덮고 있었다. 그런 그녀는 오른쪽 손등에서 자라난 날개로 하늘을 날고 있었다.

"——!"

소녀는 얼굴을 찡그렸다. 다리조차 파괴하는 위력의 폭탄을 썼는데도, 시기베르트의 몸에 생채기조차 내지 못했다.

시기베르트는 몸 안에 발뭉——신의 힘——을 지니고 있다. 따라서 그 육체는 인간보다는 천사나 신에 가깝다. 신과 천사의 육체는 에테르라는 물체로 구성되며, 에테르에 상처를 입힐 수 있는 물질은 인간계에 존재하지 않는다. 설령 브륀힐드가 폭탄이 아니라 전차의 포격으로 공격했더라도, 시기베르트는 멀쩡할 것이다.

용의 딸은, 공중에서 몸을 뒤집었다. 시기베르트에게 등을 보이며 도망치려 했다.

"거기 서라. 이 식전의 주역은 너다."

시기베르트가 오른손을 들었다. 파직파직하며 빛나는 에너지가 손바닥에 응축됐다.

번개.

최초의 용, 루치펠을 지옥에 떨어뜨린 번개다.

그것이 창의 형태를 이뤘다.

"이참에 확실하게 죽여놔야겠지……. 또 저 요망한 혓바닥을 놀려서 도망치면 성가셔."

턱, 하고 지면을 세게 내딛는 소리가 들렸다.

근육질인 오른팔을 휘두르며, 앞으로 몸을 던지듯 투척했다.

신의 번개는 빛의 속도로 날아가더니, 절반은 용인 소녀의 등을 태웠다.

희미하게, 찢어지는 절규가 들려왔다.

조그마한 몸이 불꽃에 휩싸인 채 낙하했지만…….

(느낌을 보니, 완전히 죽이지는 못했나.)

시기베르트 지크프리트라고 해서, 신의 힘을 완벽하게 다루는 건 아니다. 아니, 인간이 신의 힘을 이해하는 건 불가능하다. 만약 이해한다면, 그자는 인간이 아니라 신이리라.

그렇기에 광학 렌즈와 전자기기로 조준을 맞추고, 압축해서 방출한다. 그것이 세간에 알려진 캐논포 발뭉이다. 캐논포를 이용하지 않으면, 번개는 위력과 명중률이 떨어진다.

검은 군화를 신은 시기베르트의 발이, 지면에서 떠올랐다.

신은, 날개 없이도 하늘을 난다.

같은 힘을 지닌 시기베르트에게, 비행은 어려운 일이 아니다.

하늘로 날아오른 시기베르트는, 지상의 풍경 속에서 새하얀 존재를 다수 발견했다. 그것들은 마치 인파 사이에서 생겨난 것처럼, 갑자기 모습을 보였다.

중형의 하얀 용이었다. 한순간 자신을 공격할 것으로 생각한 시기베르트는 전투태세를 취했지만…….

새하얀 용들은 동서남북, 사방으로 흩어졌다.

도시에 있는 인간을 습격할 속셈 같았다.

국민의 목숨을 지키는 병사라면, 우선 하얀 용을 쓰러뜨리려 하겠지만…….

"한눈팔지 않을 테니 걱정하지 마라."

자신은 작스나 시구르드처럼 착하지 않다. 다소 희생이 발생할지라도, 만악의 근원을 없앨 것이다.

흩어지는 용들은 거들떠보지도 않고…….

시기베르트는 하늘을 가르며, 용의 딸이 추락한 장소로 향했다.

용의 딸은 니벨룽겐에 있는 커다란 공원에 추락했다. 그 공원에 무성하게 자라는 나무 중 몇 그루가 불타고 있었다. 번개를 맞은 소녀의 몸을 감싼 불꽃이 옮겨붙은 것이다.

시기베르트가 용의 딸의 머리 위편에 섰을 때, 파직파직 하며 뭔가가 터지는 소리가 들렸다.

흙이 솟구친다고 여긴 다음 순간, 나무가 뿌리째 뽑히며 사방으로 날아갔다.

으르렁거리며 모습을 드러낸 건, 거대한 백은룡이었다.

하지만 그 눈이 붉은색이었기에, 시기베르트 지크프리트는 저 용이 그녀라는 것을 이해했다.

번개를 오른손에 두르며…….

포효하는 용을 향해, 드래곤 슬레이어는 쇄도했다.

꽃다발을 이용해서 자폭하는 소리를, 정신을 잃은 시구르드는 듣지 못했다.

그런데도 그가 깨어난 것은, 친구를 구하고 싶다는 강한 마음 때문일지도 모른다.

수훈식장에서 빠져나왔을 때, 그는 의식을 차렸다. 자신이 아버지의 번개에 의해 기절했다는 상황을 파악하고, 그를 저택으로 데려가려 하던 병사의 팔을 뿌리쳤다.

(큭…… 브륀힐드는……?)

그런 생각을 한 것과 거의 동시에, 새하얀 용이 모습을 드러냈다.

다행인지 불행인지, 도시에는 일전의 습격으로 인해 특별 경계 태세가 발령되어 있다. 도로 곳곳에 장갑차가 세워져 있기에, 금방 하얀 용에게 대응했다. 민간인도 서둘러 건물이나 지하철로 피난했지만, 노인 한 명이 미처 대피하지 못했다.

"사……살려……."

하얀 용이 노인을 향해 넘어졌다. 날카로운 발톱이 달린 발로 엎드린 노인의 몸을 고정하더니, 등의 살점을 쪼아먹기 시작했다.

시구르드는 당장에라도 브륀힐드를 찾으러 가고 싶었지만…….

"젠장……!"

눈앞에서 잡아먹히고 있는 인간을 외면할 수는 없었다.

시구르드 지크프리트는 오른쪽 주먹을 말아쥐었다. 새하얀 불꽃이 주먹 주위에서 튀었다.

(좋아……. 나도 쓸 수 있어.)

불꽃을 모아서 말아쥔 후, 하얀 용을 향해 던졌다. 정밀도와 위력은 아버지에게 미치지 못하지만, 그래도 하얀 용을 해치우기에는 충분했다.

꾸엑 하고 거위 같은 단말마를 내면서 하얀 용이 쓰러지고, 죽었다.

시구르드는 하얀 용에게 잡아먹히던 노인이 있는 곳으로 뛰어갔다. 용에게 물려서 피가 나고 있지만, 즉시 병원으로 옮긴다면 목숨을 부지할 수 있는 상태였다.

시구르드는 근처에 있던 중년 남성에게, 부상자를 병원으로 옮겨 달라고 부탁했다. 남자는 갑작스러운 사태 탓에 몹시 당황한 것 같았지만, 곧 상황을 이해하더니 힘차게 고개를 끄덕였다.

(하얀 용은 열 마리가 있다고 들었는데…….)

생각대로였다.

방금 죽인 용과 똑같이 생긴 용이 시구르드의 눈앞에 튀어나왔다. 그리고 또 인간을 습격하기 시작했다.

(서둘러 해치워야 해……!)

조그마한 번개를 오른쪽 주먹에 두른 시구르드가 하얀 용을 향해 쇄도했다.

녹음이 우거졌던 공원은 불바다로 변했다.

붉은 눈의 용이 뿜는 불꽃과, 드래곤 슬레이어가 뿜는 번개가 나무와 풀을 불태운 것이다.

용이 공기를 뒤흔드는 포효를 토하면서 발톱을 휘둘렀다. 공중을 자유자재로 움직이는 드래곤 슬레이어가 몸을 비틀어서 발톱을 피했다. 용은 이어서 대지를 깨부술 듯한 기세로 드래곤 슬레이어를 짓밟으려고 했지만, 그것도 피했다.

굵은 다리가 허공을 가른 틈을 이용해, 드래곤 슬레이어가 번개를 날렸다.

붉은 눈의 용이 비통한 울부짖음을 토했다.

(성가신걸……)

벌써 여덟 발이나 번개를 맞췄다. 한 방 한 방이 거대한 용을 즉사시킬 정도의 위력을 지녔지만, 붉은 눈의 용은 그것을 버텨냈다.

(몸에서 흐르는 용의 피가 적고, 절반은 나와 같은 피라 그런가.)

번개는 용에게 특효약인 병기다. 하지만 지금 대치한 상대는 순수한 용이 아니기에, 위력이 원래의 절반 미만만 발휘됐다.

게다가 신의 힘에 대한 내성을 지닌 드래곤 슬레이어의 피를 지닌 탓에, 위력은 더욱 경감됐다. 아마 원래의 10분의 1 정도일 것이다.

"어이, 나는 딱히 용을 괴롭히다 죽이는 취미는 없어."

지지는 않는다.

하지만 죽이는 데 시간이 걸린다. 그뿐이다.

용의 두 다리 사이를 지났다. 스쳐 지나가면서, 번개를 띤 손바닥으로 왼발의 살점을 도려냈다. 용이 고통에 찬 울부짖음을 토했다.

"그러니 협력하라고. 저항하지 않는다면, 편하게 죽여 주마."

그래도 붉은 눈의 용은 저항했다.

승산이 없다는 건 이해하고 있을 것이다.

다 죽어가면서도, 양손 양다리를 필사적으로 휘두르며 저항했다.

그 모습을 본 순간, 시기베르트는 처음으로 그녀가 어린 여자애처럼 보였다.

역전의 드래곤 슬레이어는 신중했다.

언제까지고 저렇게 저항할 수 있을 리가 없다. 곧 체력이 바닥날 것이다. 용의 발톱과 불꽃이 닿지 않는 거리를 유지하면서, 빈틈이 보이면 번개로 대미지를 입혔다.

좀처럼 결정타를 먹이지 못하고 있지만, 드래곤 슬레이어의 승리는 확실시되고 있었다.

신출내기 드래곤 슬레이어가 그 공원에 온 것은, 과연 우연일까.

이제 와서 생각해 보면, 하얀 용은 신출내기 드래곤 슬레이어를 상대로 변변찮은 저항을 하지 않았다. 그저 그의 앞에 나타나서, 민간인을 공격하기만 했다. 시구르드가 그 용을 죽이고 브륀힐드를 찾으러 가려 하자, 곧바로 다음 용이 나타나서 다른 인간을 공격했다. 그래서 시구르드는 새롭게 나타난 용이 있는 곳으로 서둘러 향할 수밖에 없었다. 그런 짓을 몇 번이나 반복했다.

만약 하얀 용을 조종하는 자가 있다면, 그 자는 아는 것이리라.

소년이 자신과 다르게 상냥한 사람이라는 것을.

공격받는 자가 있다면 외면하지 못한다는 것을.

열 마리째의 하얀 용을 해치웠을 때, 시구르드의 눈에 들어온 것은 거대한 백은색 용과 대치한 아버지의 모습이었다. 아버지가 좀처럼 결정타를 먹이지 못하고 있다는 것을, 시구르드도 알 수 있었다.

백은색 비늘…….

수훈식장에서 아버지가 한 말을 떠올렸다.

지금 이버지와 싸우고 있는 용은 백은색 비늘에 뒤덮여 있었나.

(이 자식이 하얀 용들의 두목이구나……!)

미숙한 번개를 말아줬었다.

그것을 용의 두목이라고 생각한 것도 무리는 아니다.

예전에 병실에서 소녀가 소년에게 들려준 이야기. 그 안에…….

소녀가 인간을 용으로 바꿨다는 에피소드가 있었지만,

소녀 자신이 용이 되는 에피소드는 없었던 것이다.

주먹을 세게, 세게 말아줬었다.

일격에 해치우기 위해, 번개를 압축했다. 백은색 용은 아버지에게 정신이 팔린 나머지, 자신을 눈치채지 못했다. 사각지대에서 일격에 해치워 주겠다.

10초 정도 시간이 걸렸지만, 시구르드는 자신이 다룰 수 있는 최대한의 번개를 모아줬었다.

그리고 드래곤 슬레이어는, 발뭉을 날렸다.

그 드래곤 슬레이어는 눈치채지 못했다. 번개를 만드는 데 집중한 탓이겠지만, 공격을 한 후에 눈치채며 떠올렸다.

아버지는 이렇게 말했다.

──백은색 비늘에 파란 눈이었지.

하지만 지금, 자신이 죽이려고 하는 용은,

그 용의 눈동자는, 그가 잘 아는 붉은색이었다.

과연 저 용은, 정말로 소년을 눈치채지 못한 것일까.

이제까지는 될 대로 되라는 듯이 아무렇게나 날뛰고 있었지만, 그 움직임만큼은 정교했다.

백은색을 띤, 붉은 눈의 용은, 시기베르트 지크프리트의 오른손을 움켜쥐더니…….

소년이 날린 발뭉의 방패로 삼았다.

시기베르트 지크프리트의 육체는 대부분 에테르로 되어 있다. 그것은 인간의 무기나 용의 힘으로는 상처입힐 수 없다.

하지만 번개라면…….

번개는 신이 휘두르는 힘이다. 에테르와 같은 물질이다.

이제까지 생채기 하나 나지 않던 시기베르트의 몸은, 소년이 날린 혼신의 번개를 맞고 순식간에 새까맣게 타버렸다. 어쩌면 소년의 아버지는 무슨 일이 일어난 건지, 마지막 순간까지 이해하지 못했을지도 모른다.

시구르드도, 자신이 무슨 짓을 한 건지 한동안 이해하지 못했다.

시기베르트를 움켜쥔 용의 오른팔, 그리고 몸 오른편 상반신은 아버지와 함께 소멸했다.

용은 몸 곳곳이 뜯기고, 구멍이 나 있었다. 폭포수처럼 흘러내리는 피는 수은 색깔이 아니라, 검붉은 점액이었다.

백은색 용이 자신을 쳐다봤다.

살해당할 거라는 공포는 느끼지 않았다.

소년의 머릿속은, 그런 것을 느낄 상황이 아니었다.

붉은 눈의 소녀와 나눈 대화를 떠올렸다.

언젠가, 그녀는 나에게 이렇게 말했다.

나한테서 고개를 돌린 채, 조그마한 어깨를 떨며…….

——미안하다.

이런 의미였던 건가.

그녀는 아버지를 죽일 수 없기에, 아들이 죽이게 하는 것을 사과했던 건가.

아버지를 죽인 죄를 짊어지게 한 것을, 사과했던 건가.

백은색의, 붉은 눈동자를 지닌 용의 몸이 기울어졌다.

길쭉한 목이, 불타는 초원에 내동댕이쳐졌다.

용의 머리가, 마침 시구르드의 앞에 놓였다.

"너…… 너……."

소년은 말했다.

"너…… 처음부터…… 이런 짓을…… 꾸몄던 거야……?"

물었다.

답은 없었다.

감정이 담기지 않은 붉은 눈으로, 그저 소년을 응시하고 있었다.

"무슨 말 좀…… 해봐."

아무 말도 하지 않았다.

"나한테만은…… 본심을 말한다며."

한사코 아무 말도 하지 않았다.

그제야 소년은 눈치챘다. 용은, 말하지 않는 것이 아니라 말할 수 없는 것이다.

붉은 눈에 감정이 없는 건 당연했다. 쓰러진 순간, 그녀는 이미 죽었던 것이다.

몸에 생긴 무수한 구멍이, 이 백은색 용을 죽음으로 몰아넣고 있었다.

하지만 결정타가 된 일격은…….

용의 몸 오른편 절반을 불태워 버린, 시구르드의 발톱이었다.

붉은 피 웅덩이가 서서히 퍼져 나갔다.

대체, 누가 이 아이를 이해할까.

아버지도, 대령님도, 그리고 어쩌면 이 아이의 아버지도. 나 또한, 마찬가지다.

누구도 이 아이를 제대로 이해하지 못했다.

다들 이 아이의 뛰어난 두뇌, 말도 안 되게 강한 힘, 유리처럼 투명한 아름다움, 친구 같은 면, 그런 부분만 봐왔다.

하지만 실제로는…….

모든 것을 꿰뚫어 보는 듯한 눈에는 단 한 명만 비치고 있었고, 두뇌가 좋은데도 하려는 짓은 좋게 말하면 한결같고 나쁘게 말하면 바보 같기 그지없으며, 말도 안 되게 강하지만 내가 '친구'라고 불러주니 울음을 터뜨린 데다, 외모는 어른 같으면서 내면은 어린애 같은…….

용이자, 인간인…….

그런 애다.

그런 정말 성가시고, 이해하기 힘들며, 걱정되는 애라는 것을 아니까…….

마지막에는 좋아하게 됐고, 죽지 않기를 바랐다.

하물며 죽이고 싶다고는…….

소중한 사람을 한꺼번에 두 명이나 잃고 만 소년은, 대체 얼마나 그렇게 멍하니 서 있었을까.

정신을 차리고 보니 불은 꺼졌고, 그와 사체 주위에는 사람들이 모여 있었다.

국민 중 한 명이 말했다.

"드래곤 슬레이어야."

이어서, 다른 사람이 말했다.

"드래곤 슬레이어가, 우리를 지켜줬어."

환희와 박수가 터져 나왔다.

사람들은 입을 모아 감사했지만, 소년은 그 모든 것이 머나먼 세계에서 들려오는 것만 같았다.

한때 소년이 그렇게 갈구하던 칭호가, 머릿속에서 허무하게 울려 퍼지고 있었다.

종장

오두막을 강한 빗줄기가 때리고 있었다.

소녀의 이야기는 끝났지만, 해가 뜰 기색은 없었다.

비에 젖었던 군복은, 완전히 말랐다.

붉은 군복을 입은 소녀와, 백은색 머리카락을 지닌 청년은 마주 보고 앉아 있었다.

난로의 장작이 타는 소리만이, 한동안 들려왔다.

『내가 그렇게 말했건만…….』

청년은 쓰디쓴 목소리로 말했다.

『인간을 원망하면 안 된다고, 증오를 품고 죽이면 안 된다고, 내가 누누이 말했건만…….』

붉은 군복을 입은 소녀는 아무 말도 하지 못했다.

『나는 원했다. 그대와 여기서 사는 나날을, 꿈꿨다. 나는, 그대를 사랑했다.』

사랑했단 말이다.

『쭉, 그대와 같이 있고 싶었다. 영원토록 그대와 함께하고 싶었다. 피가 이어져 있지 않을지라도, 그대의…….』

──아버지이려고 했다.

『나는 앞으로 그대를 원망할 거다. 지금껏 사랑한 만큼, 그대를 미워하마. 영원히 그대를 증오하겠나. 절대로 채워지지 않을 결핍을 나에게 준 그대를, 미워하마. 이 끝없는 세계에서…….』

딸은 변명하지 않았다. 할 수 있을 리가 없다.

『슬슬 가 보겠어.』

그렇게 말한 소녀는 자리에서 일어났다.

오두막 밖에는, 결코 그칠 일 없는 폭풍이 몰아치고 있었다.

그래도 소녀는 가야만 한다.

영원히 그치지 않는 비를 맞고, 휘몰아치는 바람 속에서, 한 줄기 빛도 없는 어두운 밤을 끝없이 헤매야만 한다.

이 오두막에 머무는 것은 허락되지 않는다.

저 장작으로 몸을 녹여도 되는 건, 신의 가르침에 따른 자뿐이다.

설령 백은룡일지라도, 신의 뜻을 꺾을 수는 없다. 신에게 자비를 구하는 것도 허락되지 않는다.

게다가 아마 지금 이 시간이야말로, 분명 신의 자비이리라.

원래라면 지옥에 떨어져야 마땅할 소녀가 이 언덕에, 이 오두막에 들르는 것이 허락된 것 자체가 말도 안 되는 일이다.

이 오두막이 있는 언덕이 바로…….

『영년왕국』이라고 속세 사람들이 부르는 장소인 것이다.

그녀가 이 오두막에 들른 건, 분명 신께서 그녀를 가엾이 여겨서이리라.

소녀는 걸어갔다. 밖으로 이어지는 문을 향해…….

비늘이 없는 오른손에 힘을 줘서, 문을 열었다. 비바람이 바닥을 적셨다.

용은 무심코 의자에서 일어났다.

——함께 어두운 밤을 걸어도 좋다. 아니다, 허락된다면 그러고 싶다.

하지만 그녀를 쫓는 것은 허락되지 않는다.

지옥에 떨어진 자에게 영년왕국으로 올라올 자격이 없듯이…….

영년왕국에 사는 것이 허락된 자에게는 지옥으로 떨어질 자격이 없는 것이다.

백은룡은, 소녀의 등을 그저 쳐다볼 수밖에 없다.

『몇 번이라도 말하지. 나는…….』

목소리가 떨렸다.

『나는, 그대를 증오한다. 나에게 이런 마음이 생기게 한 그대를 미워한다. 아무리 많은 시간을 들여도, 아무리 많은 말을 입에 담더라도, 내 마음을 태우는 증오의 불꽃을 전할 수는 없겠지. 영원토록, 영원토록, 그대를 미워하겠다. 하지만…….』

그렇게 말을 이은 순간…….

보석 같은, 눈물방울이 흘러내렸다.

『고맙다.』

나를 위해 싸워 줘서

나를 위해 화내 줘서

내 몫까지 고민해 줘서

내 몫까지 분노해 줘서
나를,

그토록, 아껴 줘서.

코를 훌쩍이는 소리가 들렸다.
군복 차림의 소녀는, 돌아보지 않았다.

──아니다.

그렇기는 하지만, 그렇지 않다.
나는 그대만을 생각했다.
그대를 좋아했고, 그대를 사랑한다.

──지금도, 진심으로.

하지만, 그것은, 분명 그대가 생각하는 것 같은, 보석처럼 깨끗한
게 아니다.
그대를 새장에 가두고, 방해꾼을 다 죽여 버리며, 누구의 눈에 비
치지도 않게 독점해, 유린하듯 범한 끝에, 살점 하나까지 남기지 않
고 전부 먹어 치워 버릴 듯한……
이기적이고, 거무튀튀하고, 추악한 감정이다.
순교자가, 아니다.

한순간, 소녀는 그것도 털어놓을까 생각했다. 자신의 만행을 다 이야기해 놓고, 이제 와서 숨길 필요는 없다는 생각이 들었다.

하지만…….

이제 와선, 너무 늦었더라도, 돌이킬 수 없으며, 얼버무릴 수조차 없을지라도…….

소녀는 돌아보지 않으며,

절대로 돌아보지 않으며, 이렇게 말했다.

『그 한마디 말만으로, 나는 한 줄기 빛도 없는 어둠 속을 얼마든지 걸을 수 있겠지.』

아주 조금만이라도 좋다.

아주 조금만이라도 아름다운 모습으로, 그 기억에 남고 싶었다.

용의 딸은, 오두막을 나섰다.

백은룡은 소녀를 쫓아갔지만, 거센 바람에 막혀서 밖으로 나갈 수가 없었다.

묵직한 소리를 내며, 문이 닫혔다.

소녀의 모습이 보이지 않게 된 순간, 날이 밝았다.

해가 떠올랐다. 푸른 하늘 위로.

소녀가 있던 어두운 밤은, 이미 오두막 밖에 존재하지 않았다.

작가 후기

사랑과 정의의 이야기를 좋아합니다.

악당이 지기를 바라고, 노력한 사람이 보답받았으면 합니다.

'저기, 잠깐만요. 네가 할 소리입니까?' 라고 생각한 분은 분명 『용을 죽인 브륀힐드』의 이야기를 끝까지 읽어 주신 분이겠죠. 감사합니다.

다음으로 당신은 이렇게 말할 겁니다.

'사랑과 정의를 좋아하는 녀석이, 이딴 식으로 끝나는 이야기를 쓸 리가 없어.' 라고 말이죠.

그렇게 생각하는 것도 자연스러운 심리입니다. 하지만 조금 다릅니다.

『용을 죽인 브륀힐드』는 막 쓰기 시작한 단계에서는, 지금과 전혀 다른 이야기였습니다.

이 이야기에는 죽는 사람이 한 명도 나오지 않을 예정이었습니다. 브륀힐드는 백은룡과 헤어지지만, 그렇다고 사별하는 건 아닙니다. 브륀힐드의 친아버지인 시기베르트의 에덴 침략을 계기로 백은룡은 모습을 감추지만, 사실 시기베르트는 아주 상냥해서(현재의 시기베르트도 상냥합니다만), 백은룡을 몰래 보호했습니다. 브륀힐드는 시기베르트와 화해한 후, 산속에 숨어서 지내는 백은룡을 만나러 가는 그런 이야기였다고 생각합니다.

즉, 사랑과 정의의 이야기로 쓰기 시작했습니다. 항상 그런 동기로 글을 쓰기 시작합니다.

하지만 글을 쓰는 도중에, 항상 그 녀석이 나타납니다.

즉, 또 하나의 저입니다. 그 녀석은 원고를 내려다보며 제 귓가에서 속삭입니다.

"너 말이야. 이건 좀 아니잖아. 세상일이라는 게 그렇게 잘 풀릴 리가 없거든? 너는 진짜로 세상이 사랑과 정의로 가득하다고 믿는 거야?"

어쩌면 이렇게 속삭이는 저야말로 진정한 저일지도 모릅니다. 이 속삭임은 참으로 감미로우면서 강렬해서, 제가 쓰는 글은 점점 정의와 사랑에서 멀어집니다. 한때는 이 속삭임에 진 나머지, 완전히 몸을 맡겨버렸습니다만……

저항하고 싶어졌습니다.

어느 저자를 만나, 그 작가분이 싸우는 걸 봤기 때문입니다.

그러니 이번만은 절대로 지고 싶지 않았습니다.

죽을힘을 다해 저항했습니다. 수단과 방법을 가릴 수도 없었습니다. 그런 부분이 브륀힐드의 분투라는 형태로 드러났다고 생각합니다. 작중에서 그녀를 덮치는 온갖 위협은, 진짜로 그녀를 죽이기 위해 또 한 명의 제가 보낸 자객입니다. 자객에 대해 집필하는 시점에서는, 그것을 쓰러뜨릴 수단을 전혀 생각하지 않았습니다. 그래서, 브륀힐드와 함께 이길 방법을 생각했습니다. 평소 같으면 속삭임에 졌겠습니다만, 이번만은 생각을 멈추지 않았습니다.

그 결과가, 바로 이 결말입니다.

너무한 이야기일지도 모릅니다. 사랑과 정의의 이야기가 아닐지도 모릅니다. 악당이 지지 않았고, 노력한 사람이 보답받지 못했을지도 모릅니다. 그런 감상을 부정할 생각은 눈곱만큼도 없습니다.

하지만 이것을 승리의 이야기라고 당당히 말할 수 있습니다.

마지막으로 이 책을 쓸 동기를 주신, 전격문고에서 활약 중이신 A 선생님께 일방적이지만 진심으로 감사드립니다.

역자 후기

안녕하십니까. 근로청년 번역가 이승원입니다.

『용을 죽인 브륀힐드』를 구매해 주셔서 진심으로 감사드립니다.

『용을 죽인 브륀힐드』는 브륀힐드란 소녀의 이야기입니다. 용의 손에 키워진 그녀가 양아버지인 용의 복수를 하기 위해 친아버지를 죽이려 드는 이야기입니다. 줄거리만 보자면 지극히 단순한 이야기라고 할 수 있습니다. 하지만 그 안에서는 많은 고뇌가 존재합니다. 착하게 살라는 용의 유언을 어기면서까지 복수의 기회를 노리고, 그 과정에서 많은 거짓말을 하게 되며, 아무 관련 없는 이들을 희생시키기까지 합니다. 게다가 원수의 아들이자 오빠인 시구르드와의 교감, 그리고 자신을 딸처럼 여기는 상관과의 교류는 브륀힐드가 복수를 포기하고 싶게 만듭니다. 그런 수많은 고뇌가 복잡하게 얽힌 끝에, 이야기는 처절한 결말을 맞이합니다.

모든 등장 인물에게 나름의 사정이 있고, 각자가 믿는 정의가 있습니다. 절대악이 없는 가운데, 자신의 길을 나아가는 브륀힐드야말로 악당이 아닐까 싶은 생각마저 들죠. 독자 여러분께서도 브륀

힐드의 마지막 선택을 보고, 나름의 결론을 내려 주셨으면 좋겠습니다.^^

그렇다면 이만 줄이겠습니다.

정통 판타지 작품을 맡겨주신 노블엔진 편집부 여러분, 감사드립니다. 앞으로도 잘 부탁드립니다.

해운대 와서 국밥 가격 보고 경악한 서울 사는 악우여. 이게 해운대 물가다, 푸하하하! ……비싸서 국밥 못 사 먹은 지 오래됐어…….ㅠㅜ

마지막으로 제게 버팀목이 되어주시는 어머니와, 『용을 죽인 브륀힐드』를 읽어주신 모든 분께 진심으로 감사드립니다.

브륀힐드란 이름을 지닌 무녀의 파란만장한 삶이 그려지는 2권 후기에서 다시 뵙겠습니다!

역자 이승원 올림

BRUNHILD 용을 죽인 브륀힐드

2024년 08월 14일 제1판 인쇄
2024년 08월 21일 제1판 발행

지음 아가리자키 유이코 | **일러스트** 아오아소

편집 · 제작 노블엔진 편집부

발행 데이즈엔터(주)
등록번호 제 2023-000035호
주소 07551 서울특별시 강서구 양천로 570 NH서울타워 19층
대표전화 02-2013-5665

ISBN 979-11-380-5057-9
ISBN 979-11-380-5056-2 (세트)

구매 시 파손된 도서는 구매처에서 교환하실 수 있습니다.
기타 불편사항, 문의사항이 있으신 독자님께서는 노블엔진 홈페이지
[http://novelengine.com] 에서 Q&A 게시판을 이용해 주시기 바랍니다.